探偵ザンティピーの休暇

小 路 幸 也

幻冬舎文庫

探偵ザンティピーの休暇

プロローグ

　人は誰でも秘密を抱えている。

　秘密という単語の響きが大げさならば、隠し事でもいい。まだ人生という言葉さえ覚えていない幼稚園の子供たちにでさえ、大人に言いたくない何かを抱える日はすぐにやってくる。しかし子供ならば〈可愛いものだ〉で済む。

　大人の場合は、その隠し事が小さなものなら単なる人生を彩るエッセンスとして苦笑いで終わらせることもできるが、重大なトラブルになる場合もあるだろう。むしろその割合いの方が高いかもしれない。

　私立探偵になって八年になるが、探偵の飯の種はそれなのだと最近気づいて、自分でも驚いた。

　探偵は他人が抱えた秘密や隠し事を暴《あば》いて報酬を得ている。

　周りに誰も居なかったから良かったものの、そんな当たり前のことに今さら気づいたのかとオフィスの机に向かっていた私の頬は赤くなっていた。なんと無自覚に仕事をこなしてきたことかと自分を罵《ののし》ったが、そんなことをしても銀行の残高には何の影響も及ぼさないので二分で恥ずかしい気持ちを忘れた。

　仕方ない。思えば私の人生は長い間他人の秘密と向き合うことに費やされてきたのだ。それが日常になっていたのだ。日常になれば当たり前だといつか無意識になっているものだ。

　そして、そんなものを飯の種にしている息子に愛想を尽かした両親から、カリフォルニアに住む親から手紙が届いたのはつい一週間ほど前のことだ。

　十三も年の離れた妹が、むろん血の繫《つな》がった妹だが、半年ほど前に日本人と結婚し日本で暮らし始めたと。電話一本で済ますことも出来るのにわざわざ前時代的な通信手段の手紙でだ。しかも人より牛が多く風で電話線が切れるど田舎《いなか》に住んでいるわけでもなく、片やロサンゼルスのど真ん中のマンション暮らしで片やニューヨークのマンハッタンだというのに、手紙を送ってきたのだ。請求書以外の封筒を手にしたのは何年ぶりなのか考えてしまった程に久しぶりの手紙だった。

　仕方がない。不肖の息子の、その声を聞くのも嫌だということなのだろう。厳格で生真面目なあの親から、どうして私のようなどうしようもないろくでなしな男が生まれたのか、この私自身も不思議なのだから。

それはまぁいい。

親との不仲に心傷めるような年齢はとうの昔に過ぎた。今はそれも人生の機微《きび》だと嘯《うそぶ》くこともできるし、どちらかの臨終の際には多少の気まずさと共に和解できるのではないかという期待を、多少は持てているからまだ良い方だと思う。

そう、妹のサンディが結婚したのだ。

日本人と。

妹のアレクザンドラ・リーブズ。

日本人はサンディというのはアレクザンドラの愛称だということを理解できるのだろうか。彼女は夫に、夫の家族に何と呼ばれているのだろう。

両親と同じように、小さい頃から成績が良く、真面目一筋の女の子だったサンディだが、幸いにしてこのろくでなしを、尊敬する兄として愛してくれていた。「ティップ」と私を呼んでいた幼い頃の日々を思い出せば、自然と頬に笑みが浮かぶ。懐かしき兄妹の幼き日々。それなのに、連絡ひとつ寄越さずに遠い地に嫁いでいってしまったのはしょうがない。他でもない私がそうさせたのだろうから。

仮に連絡を貰ったところで私は、恐らくは顔を出すのを躊躇《ためら》い、電報一本で済ませてしまっただろう。そしてそれを後からぐじぐじと後悔しただろう。せめて顔を見せるぐらい、いや花束のひとつぐらいは送れば良かったか、いやしかしこんな兄が何かしたところで向こうも迷惑だろう、などと男らしくなく悩むのだ。

それをサンディはわかっていた。だから、連絡を寄越さなかったのだ。むろん両親の反対もあったのだろう。

探偵などという人様の秘密を嗅《か》ぎ回るだけの卑しい商売をやっている男など、汚《けが》らわしくて、危なくて、式に呼べるはずはない。ましてやあいつは法と正義を守る警察官になりながら、その警察を裏切った男だぞ。

両親はそう言ったのだろう。もう縁など切っているのだから、連絡するな、呼ぶな。そう言って猛反対したのに違いない。

お前には兄など居ないと思えと。

むろん私は今の仕事に誇りを持っているが、そんな風に思ってしまう両親の気持ちも理解はできる。

だから、事後報告は、気が楽でいい。

そうか、あの小さな妹が結婚したのか。しかも日本人か。

きっと善《よ》き人なのだろう。私にも日本人の友人は居るが、総じて優しく勤勉で紳士だ。友人として付き合うのには最高の人たちだ。私は人種差別主義者ではない。かといって博愛主義でもないが。肌の色がどうであろうと肝心なのは人間性だ。しかも日本はここと違って驚くほどに安全が確保されている国だと聞く。サンディはその日本人を愛し、故国のアメリカから遠く離れた日本で暮らす決心をしたのだ。

良い結婚をしたのだろうと、微笑《ほほえ》んで手紙を閉じることができた。


そうして、さっき切った電話だ。

昨日エレベーターが故障してまだ直っていない十階建ての褐色砂岩造りのビルの七階。中途半端な階数だと自分でも思うオフィスの窓からアベニューサウスを見下ろし通りを眺めていた。七月の終わりのニューヨークの陽差しは一年のうちで最も凶暴《きょうぼう》だが、こうして辺りをオレンジ色に染めるそれはいくらか優しく見える。

今日は金曜日だ。誰もがやっと一日が終わると思い始め、週末が始まる今夜の予定に心躍らせる頃だろう。

珍しいことに、私もそうだった。

心躍るとまではいかないが、確かにほの明るいものがこの胸の中に宿るのを感じていた。どれぐらいぶりなのかわからない。考えてみれば随分と殺伐《さつばつ》としたものを胸の内に抱えながら毎日を過ごしているが、それがデフォルトになっているのだから普段は何とも思わないのだが。

こうして、久しぶりに暖かなものを思い出すのもいい。それが生きる力になるとまるで神父のありがたいお説教の一節のような言葉を思い浮かべることもできる。

『日本』

滅多に使わないその単語を口にしてみる。

金曜の夜を愉《たの》しんでもいいかなどと思わせた、妹からの国際電話だ。

☆

(もしもし?)

冗談抜きで心臓の鼓動が少し速まった。何年ぶりかで聞く最愛の妹の声。

『サンディか？』

（久しぶりね。連絡しなくてごめんなさい）

ご無沙汰はお互い様だから謝らなくてもいい。それよりもすぐにその考えが頭に浮かんだ。長電話をしてもいいのかと。サンディの夫になった日本人はどうなのか。長々とした国際電話を寛容に許せるぐらいは稼いでいるのか。

『どこから掛けているんだ？』

（日本よ。お母さんから手紙がいったでしょう？）

やはりそうだったか。それで電話を寄越したのだ。そういえば、〈日本〉とは書いてあったが日本のどこなのかは書いてなかった。

『日本のどこに居るんだ』

（ホッカイドウって知ってる？）

『聞いたことがあるな。確か、北の方だ。そうだ、少し前に冬季オリンピックのあったサッポロのあるところじゃないのか』

あれはもう十年以上も前か。自慢してもいいと自分では思っているのだが、私のスキーの腕前はちょっとしたものだ。冬季オリンピックを観るのは何よりの楽しみのひとつだ。

(そうよ、そのホッカイドウのルモエって小さな町)

『ル・モエ?』

(そう。ルモエのオビラってところ)

『オ・ヴィラ?』

これは自慢ではないが、私の言語取得能力は自分でも驚くほどだ。それが私の仕事にも大いに役に立っている。しかしその地名の響きはどう考えても日本的ではない。

『日本はフランス領になったことがあったか?』

(ないわよ。そういう地名なの。そんなことより兄さん。料金が掛かるから用件を言うわね)

『なんだ』

(遊びに来られない? お父さんやお母さんには内緒で)

『日本にか』

(私、オンセンリョカンのワカオカミになったのよ。オンセンに興味があるって前から言ってたでしょ)

なんと。

温泉旅館の若女将に？

（会いに来てほしいの。私の新しい家族にも）

☆

そうして、この夏の私の旅が始まったのだ。

ニューヨークのマンハッタンから遥か彼方《かなた》。アジアへ、日本へ。そのさらに片隅だという北海道へ。

最愛の妹に会うために。

1

仕事上、様々な場所に出向く。

私が仕事を請け負う範囲は基本的には住んでいるマンハッタンだが、たとえば何故かシカゴの住人がマンハッタンに住む探偵に仕事を依頼することもある。地元の人間には知られたくない、という理由もあるのだろう。そういう場合は、土地勘のある一匹狼の私立探偵にアドバイスを貰ったり、パートナーとして動いてもらうこともある。何せ私の私立探偵免許はニューヨークでしか通用しないのだから。

一般の人に馴染《なじ》みはないだろうが、この業界にもいろいろと暗黙の了解はある。大手の興信所や法律事務所と契約している私立探偵も居れば、私のようなフリーの一匹狼も多くいる。大手に対抗するために、小者同士が連携を取るのはどんな業種でも当たり前のことだ。一人で抱え切れない事件はパートナーとして協力して調査に当たること。日本の諺《ことわざ》で言うのなら〈武士は相身互い〉だ。

見知らぬ場所に調査に出向くのは好きだ。基本は車で移動するが、飛行機や鉄道を使うこともある。知らない町に行くことは、私にはストレスでも何でもない。もともと好奇心は旺盛な方だった。できれば毎日でも見知らぬ土地に調査に行きたいぐらいだが、そんなに調査費を掛けてくれる依頼人などそうはいない。

何せ私は、世界中どこに行っても言葉に不自由はしないのだ。英語はもちろん、フランス語イタリア語ロシア語ドイツ語スワヒリ語中国語はＯＫだ。

むろん、日本語もだ。

実はそのどこの国にも行ったことはないのだが。

私は、耳が極端に良いらしい。

どんなにわけのわからない言語でも、黙って話を聞いていればすぐに発音に慣れ、単語のひとつひとつを摑《つか》めるようになり、意味を確認していき、やがて構文を理解して、会話ができるようになる。

その気になれば、おそらく二、三時間程度もその人と話していれば、基本的な日常会話ぐらいは覚えられる自信がある。

人種の坩堝《るつぼ》であるアメリカのニューヨークで探偵などという、いやそれ以前の、警察官などという仕事をしていると様々な人種と深く係《かか》わることになる。むろんアメリカでは大抵の人間が英語を話すが、その人の母国語を使って会話した方が、その人物の心情の深いところに触れることができるケースがままある。

そしてそれは、警察や探偵の仕事を円滑に進めるのには、かなり有効な手段だった。

だから、私は優秀な刑事だった。

そして今は、その能力が私立探偵という仕事に大いに役立っていると認識している。

何せこうして遠いかの地の日本に観光にやってこられる程度には貯金はあるのだ。そしてのんびり過ごして帰った後にも、たとえ毎日の食事がルーピーの店のホットドッグばかりになるとしても、とりあえず飢え死にはしない。

きちんと稼いでいる探偵だ。そう考えても怒られはしないだろう。

ただし、私の日本語の会話は多少の問題があるらしい。

私個人としては単に好みの問題であり問題ないと思っているのだが、ニューヨークに住む日本人の友人は会って会話をする度に苦笑している。友人として付き合う分には一向に構わないが、真面目に仕事の話をしたいのなら、その日本語はあまり使わない方が良いとアドバイスされる。しかしまぁスーツを着てビジネスマンと日本語で商談をすることなどこの先一生ないのだからこれでいい。

ひなびた、という日本語を英語でどう表現すれば良いのか。おそらく正確には表現できないだろう。

オ・ヴィラの鉄道駅はまさにそういう感じだ。アメリカの田舎の駅のその風情と似通った部分もあるが、何かが違う。

木造の、ただの物置きではないかと思わせるサイズの小さな駅舎。色褪《いろあ》せた赤いトタンの屋根はこの地方独特のものなのだろうか。待合室らしき、改札を出たすぐの部屋のサイズも小さいし、木のベンチも小振りだ。そしてどれもこれもが、年月を経て人の手の触れるところは黒光りをし、そうでないところは枯れ木のように渋味を醸《かも》し出している。私が頭をぶつけそうな入り口の向こうには暑い陽差しと、そしてまるで降ってくるような蟬《せみ》の声。

風情がある。

思わず知らず頰が緩《ゆる》む。

何もかも映画で観てきたあの世界だ。なるほど、サンディが貯金をはたいてでも遊びに来いと言った理由がよくわかる。

　わかっていたことだが、日本の田舎は私の胸を躍らせる。心を落ち着かせる。顰《しか》め面《つら》でいることが標準であるニューヨークでの生活とはまるで違う顔の私が、たぶん今ここに立っている。

「さて、と」

　誰もいないのに改札口でわざと日本語で呟《つぶや》いた。これからしばらくの間は日本語で暮らすのだ。極力英語を使わないようにした方がいいだろう。

　駅には駅員すらいなかった。おそらく無人駅というシステムのものだろう。切符をどうしようか迷ったが、記念に取っておこうとスーツのポケットに入れた。誰もいないのだから怒られはすまい。

　ホッカイドウはニューヨークよりもトウキョウよりも遥かに涼しいとサンディから聞いてはいた。なるほど確かに吹く風は爽《さわ》やかだが、なかなかどうして陽差しは強い。白のリネンスーツにしておいて良かった。

　サンディが若女将をしているという温泉旅館〈ゆーらっくの湯〉はこの駅から歩くと二十分は掛かるという。迎えの車を出すというサンディに、歩いて行くからいいと伝えた。見知らぬ町を楽しむためには、まず雰囲気を確かめなければならない。そして、町の様子は歩かなければ判らない。迷ったら誰かに訊《き》けばいいだけの話だが、駅を出て右に行けばいいのか左に行けばいいのか、それを確かめるのを忘れていた。

オ・ヴィラの駅を出た。

しかし、駅前だと言うのに人がいない。そもそも町並みと言えるほどの建物がほとんどない。

その代わりに素晴らしい眺めがあった。ずっと山に沿って鉄道は走っていた。そして車窓にはずっと海が見えていた。その景色を堪能していたのだが、オ・ヴィラの駅を出ると真っ直ぐに海に向かって坂道になっていたのだ。

何も遮るものがない緩やかな細い土の道。そして向こうはそのまま海。

町の色彩こそ、渋味のある煤《すす》けたものばかりだが雰囲気はまるでアドリア海に浮かぶ小島のようではないか。

行ったことはないのだが。

笑みを浮かべながら歩き出すと、陽炎《かげろう》の向こうに人影が見えた。一人ではない、二人。子供だ。家の中から走りだしてきたのか。何事か笑いながら話していたが、歩いてくる私に気づいたのか、急に動きを止めてこちらを大きく眼を見開いて見つめている。

夏休みなのだろう。ちょうどいい。

「君たち」

丸くさせた眼を、さらに子供たちは大きく丸くさせた。男の子に女の子。兄妹だろうか、それとも仲の良い友人だろうか。日本人の大人の年齢はなかなか摑み難いが、子供なら別だ。おそらくは十歳かそこらだろう。

「すまねぇな、ちょいと訊きたいんだけどな」

「え？」

「いや、面倒くさいことじゃないよ。〈ゆーらっくの湯〉ってぇところに行きたいんだけどよ。知ってるかい？」

二人で眼をパチパチさせて、さらに顔を見合わせて、口を開けたまま頷《うなず》いた。

「どっちに行きゃあいいんだ？　ほとんど一本道だって聞いたんだけどな」

「あのね」

女の子の方が口を開いた。

「おう」

「そこの国道に出たら右に曲がって、ずーっとずーっと真っ直ぐ行ったら橋があるから、そこの手前を左に曲がったら〈ゆーらっくの湯〉」

「おっ、そうかい。簡単だな。ありがとよ」

礼を言って歩き出そうとしたときに、男の子が私の腰の辺りをポンポンと叩《たた》いた。女の子が慌てたようにそれを叱咤した。白いスーツが汚れるというようなことを言ったが、やはり女の子のそういう感覚は世界共通か。なに、もう十年も前に買ったものだ。元は充分に取っている。

「あの」

「なんだい？」

「外人さん、ですよね？」

「おう、アメリカの生まれよ」

日本語が上手なことに驚いたのだろう。にこりと微笑みそのまま歩き出すと、何故か二人ともついてきた。サンディが言うには、今現在外国人はこの町にサンディ以外はいないというから、物珍しいのだろう。

「ひょっとして、おじさん」

「ザンティピーだ」

「え？」

「ザンティピーってんだよ。おじさんの名前」

「あ」

やっぱり！　と嬉しそうに女の子が飛び上がった。

「サンディさんのお兄さん！」

そうだ。

私は、サンディの兄のザンティピー・リーブズだ。

☆

時刻は昼の十二時を回っていた。真上から照りつける夏の陽差しの中、私たちはゆっくりと歩いていた。陽差しは確かに強いが、潮の匂いを含んだ風が心地よい。汗が滲《にじ》む肌をすぐに乾かしてくれる。

国道と彼らは言ったが、二車線のやたら細い道路に車はほとんど走っていない。日本の田舎はこういう道を国道と言うのか。まるでアリゾナの田舎道をスケールダウンした感じだ。あるいはのどかなイギリスの田舎道か。行ったことはないのだが。

男の子はジュンイチという名前で十一歳、女の子はマコトで十二歳だそうだ。日本の学校の制度では、小学校の五年生と六年生ということだった。

「この子はジュン、ワタシはマコって呼ばれてる」

「そうか。じゃあおじさんもそう呼んでいいか」

「いいよ！」

可愛い子供たちだ。

さっきから話しかけてくるのはマコで、ジュンは恥ずかしそうな笑みを浮かべながらそれを聞いている。どちらかと言えば大人しい男の子なのではないか。優しそうなその瞳とどこか涼しげな顔立ちがそう感じさせる。

マコは反対に活発そうな女の子だ。ショートカットの髪の毛に、意識の強そうな少し吊り上がった目元。真っ黒に日焼けしたその肌もそう感じさせる。

「ジュンとマコは、きょうでえかい」

「きょうでえ？」

「姉弟ってこと？　違うよ。家が隣同士なんだ」

マコが言った。なるほどそうか。幼馴染みというやつか。

「今はワタシのおばさんの家にお使いに来てたの」

「おめぇたちの家はどこなんだい」

「笠島さんちのすぐ近くだよ」

「カサジマ？」

訊くと、マコがきょとんとした。

「サンディさんのところよ。名前知らなかったの？」

そうだ、そういえばそうだった。サンディはカサジマという名前の男性と結婚したのだったな。確か、カサジマ・リュウイチという名前だった。日本人の名前には馴染みがないのでついうっかりしてしまう。

カサジマ・リュウイチ。義弟になった男だ。そう、サンディはカサジマ・アレクサンドラになったのだ。

「リュウイチってのはどんな男なんだい」

「どんなって」

また二人で顔を見合わせた。

「優しいおじさんだよ」

「三代目なんです」

おずおずとジュンが言った。そうか、三代目か。〈ゆーらっくの湯〉という温泉旅館はなかなか歴史のあるところらしい。ジュンとマコは道すがらいろんなことを教えてくれた。

商店街はこの先の昔の駅の近くにしかない。大したものはないから大きな買い物をしたいときは列車に乗って隣町に行った方がいい。反対側の海水浴場は夏の間はけっこう混《こ》むから、こっち側の海の家のない浜の方が泳ぎやすい。でも、向こうの海水浴場には魚市場があって、そこでは安い魚がたくさん買える。

人懐こい子供は好きだし、非常に助かる。

「ザンティピーさん、しばらくいるの？」

「おう、そうだな。ゆっくりさせてもらうつもりよ」

「どうして日本語そんなに上手なの？」

「髪の毛、長いね。きれいだね」

最初の印象通り、いろいろ教えてくれたり質問してくるのは必ずマコの方だ。ジュンは大人しくにこにこしながらそれを聞いている。もしこの二人が将来恋人同士にでもなったのなら、確実にリードするのはマコの方だろう。

「そうだ、ザンティピーさん」

「おう」

「あそこ、御浜って言うんだよ」

マコが指差した方向には、まっすぐに延びていた海岸線から海に向かって突き出た崖《がけ》があった。

「オンハマ？」

おうむ返しにその言葉を言うと、ジュンが真面目な顔をして頷いた。

「その向こう側に〈ゆーらっくの湯〉があります」

「それでね、御浜は入っちゃいけないとこなの。神様のいるところだから。よそから来た人には必ず教えるの」

「成程」

地元で古くから語られ残されている神聖な場所ということか。それはなかなか興味深い。

広く長く続く海岸線の向こうの、半島のように突き出た部分の内側の入り江がオンハマだそうだ。

そこを上から見れば、文字通りの凹型をしているらしい。崖に囲まれているので、徒歩で行こうと思えばかなりの苦労を強《し》いられる。いちばん簡単なのはボートに乗りぐるりと海から廻っていく方法だと二人は教えてくれた。

「夏になって海水浴にたくさんの人が来ると、入るなって言っても、ボートで入っちゃう人もいるけどね」

それはそうだろうと思う。世界中に聖地と地元の人に思われる場所はあり、観光客といえども入ることを禁じている場所はいくつもあるだろうが、その禁を破る不届き者も数多く居る。そういう輩《やから》には天罰が下ればいいのだが、生憎《あいにく》と多くの場合神様は寛容で何も起こらない。

「でも、ブイでロープや網を張ってあるから危ないです」

「ちょっと来て」

マコが手招きして、道路の反対側へ走って渡っていった。何事かとついていくとそのまま二人で線路の方まで坂を軽やかに登っていった。ついていくのに多少の汗はかくが、息切れして辛くなるほど体力がないわけではない。ある程度まで登ったところで二人はくるりと海の方を振り向き、また指差す。

さっき話していたオンハマというものがある崖のほぼ全景が見えた。

「ほら、少し見えるでしょ。あの岩」

「あぁ」

なかなか見事な景観だ。おそらくは侵食で削り取られたのだろうが、そのオンハマを囲む湾の真ん中に大岩がそびえ立っているのが判る。もう少し山に登ればはっきり見えるのだろうが。おそらく浜から十メートル程も離れているだろう海の中。喩《たと》えると奥歯のような形をした大岩ではないか。

「オンジョ岩と言うんです」

ジュンが真面目な顔をして言う。

「オンジョイワ？」

オンハマにオンジョイワか。

そのオンジョイワも含め、オンハマは、この町の人たちにとっては決して入ってはいけない場所なのだとジュンは言う。マコも神妙な顔をして頷いていた。

「あれかい、なんか昔々のお話とか、謂《いわ》れってのがあるってぇことだな」

「あるよ」

マコが答えた。

「でも、それは言えないんだ」

「言えないのかい」

昔話なのに、語れないというのはどういうことなのか。さっき旅人にも入らないように注意すると言っていたのに。理由もなしに入るな、では、納得はしないだろう。坂を下りながら二人にもう少し訊いてみようと思ったとき、ジュンが何故か難しそうな顔をして私を振り仰《あお》いだ。

「あの」

「おう」

「サンディさんから聞いたんですけど」

「おう、なんだい」

「ザンティピーさんって、私立探偵なんでしょうか」

そうだとも。私はニューヨークの私立探偵だ。頷くとジュンは今度は妙に不安げな表情を見せた。日本の事情はわからないが、こちらでは私立探偵はどういうようなイメージで捉えられているのだろうと私が心配になった。

「私立探偵って、どんな仕事をするんですか」

またジュンが訊いた。さっきまで恥ずかしそうにほんの一言二言しか喋《しゃべ》らなかったジュンだが、急に積極的になったのは何か理由があるのか。

「調査、てぇもんだな」

まさか人様の秘密や隠し事を暴くのが商売だと子供に説明はできないだろう。

「ちょうさ？」

「おうよ。誰かから頼まれてよ、いろんなもんを調べて、その結果を報告してお金を貰うのよ」

ジュンが頷く。マコは、ジュンが何を知りたがっているのかと少し不思議そうな顔をして話を聞いていた。

「どんな調査でもできるんですか」

ここは多少誇張してもいいところだろう。

「あたぼうよ。いいかい、このザンティピーさまはな、大都会ニューヨークはマンハッタンで一、二を争う優秀な探偵なんだよ。俺の手にかかっちゃあ調べられねぇもんは何にもねぇさ。弁天様の下着の色までわかるってもんよ」

いかん、子供相手に少々下品なジョークを言ってしまったが、まぁ許容範囲だろう。それに二人はよくわからなかったらしくぴくりとも笑わなかった。

ジュンは、下を向いて何かを考えていた。私も鈍い男ではない。たぶん日本でもフィクションの世界で探偵は人気あるものではないかと思う。ジュンは男の子だからそれに憧れていろいろ訊くのだろうかとも考えたが、そういう様子でもない。

「どうしたの？」

マコもそれを察したのかそう訊いたが、ジュンは慌てて首を横に大きく二度三度振った。

「なんでもないよ。訊いてみただけです」

「そっか」

ここは、放っておこう。この頃の男の子は、子供から少年になっていく時期だ。いろいろと悩み事や考えることもあるのだろうが、少なくとも私の多くの依頼人のように生活の根幹に係わる重要なものではないだろう。

「ま、あれだ、ジュンよ」

「はい」

「おいらがいる間に何か心配事ができたらよ、いつでも言ってきな」

「いいんですか」

「いいってことよ。なんたっておめぇとマコは、おいらの日本での最初の友人だからな」

　そう言うとジュンはにこりと微笑んだ。

　坂の上からエンジン音が聞こえてきて、私たちは振り返った。砂利道を小さなトラックが下りてくる。トラックといえば大きなものを想像する私にしてみればまるでミニチュアの車のようだが、日本の狭い道路ではこれが理に適《かな》っているのだろう。

　運転席に座っているのは初老の男性のようだが、私と同じように脇に避《よ》けたジュンとマコが軽く手を振り、私たちの横で小型トラックは停まった。開いている窓から野球帽を被《かぶ》った小柄であろう老人がにこやかに顔を出した。そうだ、我が国の国技ともいうべきベースボールはこの国でもずいぶん盛んだと聞いている。

　このYとGを合わせたようなマークは日本のなんという球団なのか。

「よう、お客さんかい」

　ジュンとマコにそう言い、私にも一礼をする。合わせて私も礼を返した。

「サンディさんのお兄さんだよ」

　マコが言うと、その老人は、おお、と声を上げ、帽子を取った。見事なスキンヘッドだ。赤銅色《しゃくどういろ》に日に焼け、光を跳ね返す。

「そいつは遠いところから。よく来たね」

　どなたかはわからないが近所の方なのだろう。笑顔を見れば遠い異国から来たサンディに好意を持っていることはわかる。野球帽を被っているということは、野球好きなのだろう。

　そう、野球好きに悪い人間はいない。私は右手を出してにこやかに微笑んだ。

「サンディが世話になってますね。ザンティピーってんですよ。呼び難い名前で申し訳ないね」

　老人は一度びっくりした顔をして、大笑いした。

「こりゃあ驚いた。日本語上手だねぇ」

「そいつが唯一の取り柄でしてね」

私の手をがっちりと握った。相当に力強い手だ。手を放してジュンとマコを見た。

「案内してたのかい」

「御浜の話をしてたの」

へぇ、と老人は御浜を見る。

「ま、郷に入っては郷に従えってね。日本の諺、判るかい？」

「もちのろんよ」

老人は大笑いする。そんな言葉を使う奴は今どきこの日本にもいないと。

「乗ってくかい？〈ゆーらっくの湯〉まで」

それには及ばないと言った。のんびり歩いて町の様子を堪能すると。老人は頷き、ジュンとマコに手を振って車を走らせて行った。結局彼は自分の名前を言わなかったが、これは日本の風習ではないだろう。

「今のは誰だい？」

マコが頷いた。

「神田のおじさん。自動車の修理工場やってるの」

カンダさんか。〈ゆーらっくの湯〉のすぐ向かい側だそうだ。なるほどやはりご近所さんというわけだ。サンディのこともよく知っているのだろう。

「サンディさんちのおじいちゃんの友達ですよ」

ジュンがそう付け加えた。祖父の友人か。狭い地域の人間関係ではそういうものを大切しなければなるまい。幸い、悪い印象は与えていないはずだ。三人でゆっくりと坂を下り、国道のところに戻ったところで、こちらを見ている人影があった。

「あ！」

マコが嬉しそうな声を上げ、私も思わず同じように叫びそうになったがなんとか踏みとどまった。いくら旅先の高揚感があるとはいえ、いい歳《とし》をした兄が妹の姿を見て喜んで飛び跳ねては威厳も何もあったものではない。

サンディは、手を振っていた。

涼しげな色合いの着物を着て、長い金髪を日本風にまとめ、満面の笑みを浮かべて、私に向かって大きく。

その後ろに青い空と海を従えて。

☆

「あの」

眼をぱちくりとさせて、ミキコは言った。私の義弟になったリュウイチくんの妹だ。カサジマ・ミキコ。

偶然にもサンディと同い年の二十五歳だそうだ。同じ年の若い女性が家族に居るというのはサンディにも心強いだろう。何より、ミキコはアメリカに留学した経験もあり、多少の英語もできるそうだ。サンディはリュウイチくんと付き合いだしてから日本語を勉強して、今ではほぼ不自由なく話せるそうだが、母国語で会話ができる義妹がいるというのは、幸いなことだ。

「なんだい？」

私にとっては、義妹になったわけだ。努めて明るく私はにこやかに言った。異国の地で一人暮らすサンディ。むろん愛する夫が傍《そば》に居るのだが、兄として印象を良くしておくことは後々のことにも影響するだろう。

「ザンティピーさんは」

「なんだよ随分他人行儀じゃねぇか。お義兄さんって呼んでくれよ」

「あ、では、お義兄さん」

〈ゆーらっくの湯〉のロビーだ。ジュンとマコに案内してもらい、サンディに出迎えてもらい、こうして辿り着き一息ついている。

以前は〈小片《おびら》温泉旅館〉というありきたりな名前だったものを、二年前にリュウイチくんが三代目を継いだときに全面改装し、名前も変えたそうだ。〈ゆーらっく〉というのはこの辺りに伝わる古い地名を若干アレンジしたものだとか。

成程、若い人向けにしたというだけあって、このロビーは爽やかな白とオレンジ色を基調にした家具やソファなどが並んでいる。海側に面した部分はほとんどが窓になっていて、正面の海に沈む夕陽が一望できるそうだ。温泉につかった後に見る夕陽は、さぞやゆったりとした気分に浸れることだろう。

そういえば、昼間にジュンとマコが言っていたオンハマを囲む崖もここから見える。

窓を出たところは芝生になっていて、そこにテーブルや椅子も置いてある。さっきからそこでうろうろしている白い犬は、ここの飼犬なのだろうか。日本の犬なのだろう。精悍《せいかん》な顔つきだが、客と一緒に遊んでいる様子を見ると人懐こい犬のようだ。

「ところで〈ミキコ〉ってのは可愛い名前だけどよ。ちょいと呼び難いな。ミッキーでいいかい？」

「あ、どうぞ」

ミッキーはとまどいながらも笑顔を見せた。

「留学していたときもそう呼ばれていました」

アメリカのどこに留学していたかは聞いていないが、そうだろうと思う。

「それで、お義兄さん」

「おう」

「あの、失礼ですけど、その日本語はいったいどこで習ったのでしょう」

「聞いて驚くな」

「たぶん驚きません」

「おいらはね、〈男はつらいよ〉の大ファンなんだよ」

「そうだろうと思いました」

ミッキーは真面目な表情のまま頷いた。

そう、私の日本語はビデオで覚えた。日本が誇る『男はつらいよ』シリーズだ。フーテンの寅《とら》の喋り方は何故か私を魅了して、何本も何十時間も観ている。そうして、私は日本語を覚えたのだ。

むろん私も、私の使う日本語が多分に今は使われない崩し言葉だというのは理解している。あの映画の中でフーテンの寅のような喋り方は彼しかしていない。

しかし、意味は通じるのだ。しかも、日本人なら誰もがこの言葉で話すとフランクになってくれる。笑顔にさえなってくれる。これは良いことではないかと思う。

「まぁ君たちが普段使うような日本の標準的な言葉使いも、こうして話そうと思えば普通に出来るのだがね」

「あ、そうなんですね」

「どうもしゃちほこばっちまっていけねぇし、こっちで覚えちまったから楽なんだよ。迷惑じゃなかったら、このままでいかせてもらうぜ」

喩えてみれば、キングス・イングリッシュも喋れるがニューヨーカーのスラング混じりの英語の方が楽だ、ということだと自分で納得させている。

サンディの夫になったリュウイチくんは、満面の笑顔で遠くニューヨークからやってきた私を歓迎してくれた。部屋もいちばん良い部屋を用意してくれていたのだが、それは余りに申し訳ないので辞退して普通のものにしてもらった。

何日滞在してもいいと言ってくれたが、本人たちは旅館の主と若女将だ。私の相手をしている時間は無いに等しいため、こうして妹のミッキーを案内人としてつけてくれたのだ。

スレンダーな肢体に長い黒髪、そして子犬のような丸い瞳がチャーミングだ。自慢ではないがサンディはかなり美人だが、ミッキーも負けず劣らず美人なのではないかと思う。むくつけき番頭さんなどが相手をしてくれるよりははるかに良い。

「ミッキーもここの仕事をしてんのかい」

「いえ」

手伝いはもちろんしているが、本業はここから一時間ほどの街にある大学の国文学の教授室で秘書をしているという。

「お義兄さんも、大学で生物学の研究をなされていたんですよね」

「なされたなんてぇ上等なものじゃねぇけどなぁ」

警察に入って確かにいろいろ役には立ったが、学生時代はそれほど熱心だったわけではない。

「じゃあ、忙しいんじゃねぇのかい。おいらの相手なんてしてらんねぇだろ」

「それが」

教授が病に倒れてしまい、今はほとんど失業中なのだという。自分の研究を地道に続ける毎日。それでは稼げないので実家であるここの手伝いをしているという。

「田舎で何にもありませんけど、どこでもご案内します」

「おう、ありがとよ」

楽しい滞在になりそうだ。

☆

私の知識の中にある日本の温泉旅館というものには大別して三種類ある。ひとつは、かつては湯治場と呼ばれ、温泉治療の長期宿泊者が集うひなびたところ。ひとつはクラシックな雰囲気を残す小さな旅館。そしてもうひとつはホテルと見紛《みまが》う豪勢なところ。

サンディが若女将をやっているここ〈ゆーらっくの湯〉は、クラシカルな雰囲気を残しつつも、地元の人間が集う温泉旅館だった。言ってみれば日本の銭湯と旅館を合わせたような感じか。

宿泊できる部屋は十五室でそれほど多くはない。その代わりに地元の人達が気軽に温泉に入りに来たり、あるいは何かの祝いや集いにここで食事と温泉を楽しむ。そういうところらしい。

夜になり、私は日本の温泉というものをたっぷりと堪能し、部屋の窓際に置かれた小さな籐椅子に座り、網戸の入った窓を開け、流れ込んでくる夜気で涼んでいた。

繰り返される波の音と、多少騒がしくも感じる虫の声しかしない夜。こんな夜は、生まれて初めてだと言っていい。そんなものを信じてはいないが、ひょっとして私の前世は日本人だったのではないかとも思うぐらい、この空気に馴染んでいる自分を感じていた。

このまま日本に住むのも良いのではないか。日本にだって私立探偵という職業はあるだろう。しかし外国人では難しいか。

サンディがようやく私とゆっくり話すために部屋のドアを、いやフスマを叩いたのは夜の十時を回っていた。

『大変だな。これが毎日か』

一風呂浴びてきたというサンディの上気した顔には、疲労の色が濃かった。昼間に会ったときの和服姿から、Tシャツにジーンズという私も見慣れた姿になっている。白いエプロンをしているのは何か片づけものでもしていたのだろうか。

『もう慣れたわ。大丈夫よ』

『飲むか』

夕方、ミッキーに教えてもらったリカーショップで買ってきた缶ビールを差し出したが、サンディは微笑んで首を軽く振った。

『飲んじゃうと、この後何もできなくなるの』

『まだ仕事があるのか』

『帳簿の整理とかね。リュウイチさんもまだ厨房《ちゅうぼう》で明日の仕込みをしているし』

成程、旅館の仕事というのは大変だ。サンディはテーブルの上にあった日本茶のセットの蓋《ふた》を開けた。

『暑いときには熱い日本茶がいちばん身体《からだ》に良いのよ』

『そうか。それならそうしよう』

　郷に入っては郷に従えという日本の諺を言っていたのはカンダさんだ。その名前を出し、昼間に会ったと言うとサンディは頷いた。

『お祖父様の古くからの友人ね。この界隈《かいわい》では顔の広い人みたいよ』

　頷き、慣れた手付きで日本茶を淹《い》れるサンディの手元を見つめていた。

　いつの間にか大人になってしまって結婚までして、こうして異国の地で若女将をしている妹。最後に会ったのは、確か五年ほど前だ。さっきは飲むかとビールを勧めたが、私はまだこの妹と酒を飲んだことはない。

『はい、どうぞ』

　湯飲み茶碗を私に向かって、テーブルの上をすいと滑らせた。この湯飲み茶碗というものは把《と》っ手がない上に厚みがない。従って鷲掴《わしづか》みしてしまうと熱くてしょうがないのだ。だから、お湯に満たされていない上の方を人差し指と親指で挟むようにして持つ。

　そうして、ゆっくりと飲む。この繊細さが、好きなのだ。

　日本の文化はまさに繊細さの常態化ではないかと私は思っている。しかしやはりニューヨークの生活には似合わない。あの街でこんなふうな繊細さを基調にした生活をしていては、私たちの扱うような事件に耐え切れなくなってしまうのではないか。

『布団が日本人のサイズだから、足が出ちゃうかもしれないけど我慢してね』

『問題ないさ』

私の身長は六・二フィートある。日本の単位で言うなら一九〇センチほどだ。

『仕事の方は、どう？』

『一人でやっていく分には問題ないさ。こうして日本に来られるぐらいには稼いでいる』

サンディが微笑む。

『嬉しかった。来てくれてありがとう』

私は手を軽く振って、微笑む。お前のその笑顔を見られるなら私はなんでもする。むろん、面と向かってそんなことは言えないのだが。

『それにしても、キモノが随分似合っていたな。さっきは見違えてしまった』

『随分勉強したのよ。キツケって大変なの。いろいろと決まり事も多くて。でも、キモノってすごく着るのが楽しいのよ』

洋服とはまるで違うものなので、今でも勉強を欠かさないと言う。私も通り一遍の知識しかないが、奥深そうなものだというのはわかる。

『母さんからの手紙には何も書いてなかったんだが、リュウイチくんとは、どうやって知り合ったんだ』

『彼がロスに来たのよ』

勉強熱心な彼は、知人の伝手《つて》をたどってカリフォルニアのホテルにまで接客業の勉強をしに来たのだそうだ。そして、別のホテルで働いていたサンディと知り合った。結婚を決めるまでにさほど時間は掛からなかったそうだ。お互いに一目惚れというやつか。

それもまた運命だったのだろう。

『父さんや母さんは、かなり反対したんじゃないか。結婚はともかく、日本に行ってしまうことを』

サンディはペロッと舌を出して苦笑いした。そんな表情は小さい頃のままだ。

『最初はね。でも、リュウイチさんを紹介したら、二人ともすごく気に入ってくれて』

『そうなのか』

『日本に住むことも、遊びに行けるようになるんだからいいって喜んでくれた』

そうか。それは良かった。どういう形であれ、あの二人が子煩悩であることには違いない。

『もう来たのか？　ここに』

『まだよ。どうせなら孫の顔を一緒に見たいからって』
一、二年は仕事を覚えるためにも子作りは控えるつもりだが、リュウイチくんの両親も早く孫の顔が見たいと言っているそうだ。それも良いことだ。
この兄は、親に何もしてあげられそうもない。せめてサンディには両親を喜ばせてほしい。そんなことを妹の肩に背負わせるのも情けないとは思うのだが。

その代わりに、私は私のできることをしよう。

『サンディ』

『なぁに』

念のために三カートンばかり持ってきたウィンストンを一本取り出し、火を点《つ》けた。

さっき確認したがこの町でウィンストンは売っていない。おそらく鉄道で一時間以上掛かるアサヒカワという大きなシティまで行かなければならないだろうと。たくさん用意してきて本当に良かった。

『まだ忙しいのだろう。そろそろ聞かせてくれ』

サンディの眉がぴくりと動いた。

『何を？』

『私を呼んだのは、何か頼みたいことがあったのだろう？』

ほんのわずか、下を向いた。

『何か事件でもあるのだろう。私に調べてほしい、もしくは解決してほしい出来事が』

私立探偵に頼まなければならないようなことが。

『わかっちゃったんだ』

『わかるとも』

私は、お前の良き兄であると同時に、優秀な私立探偵なのだ。妹の言葉の裏側に滲んでいた何かに気づかないはずがない。

『何があった？』

サンディは小さく頷き、ほんの少し躊躇いがちに手を動かし、白いエプロンのポケットから何やら箱を取り出した。少し膨らんでいたので何が入っているのかと気になっていたのだが、少し大ぶりの、どうやら日本のマッチの箱か。

『開けて見てくれる？』

眉間に皺《しわ》を寄せて、サンディはそれをテーブルの上に置いた。私は手を伸ばし、ゆっくりとそれを取り、蓋を開けた。

中には、何かを包んだティッシュが入っている。サンディの顔を見ると、小さく頷いた。

そっと取り出し、テーブルの上で広げた。

『これは』

思わず声が出て、サンディの顔を見た。サンディの眉間の皺がさらに深くなった。どこかに持ち込んで調べてもらって確認するまでもない。

これは、骨だ。

おそらくは、人間の指の骨。

2

翌日も、素晴らしい晴天だった。そして爽やかな朝の空気だった。

慣れない日本式の布団で多少身体が強張《こわば》ってはいたものの、私はちょうど良い眠りに満足しながら部屋の窓を開けた。

途端に流れ込んでくる、濃い緑の匂い、蟬の声、夏の風、潮の香り。

「夏だねぇ」

山と海に挟まれたこの町では、その両方の良さが味わえるというわけだ。都会の便利さを享受することはできないが、自然豊かな趣をたっぷりと味わえる。どちらが幸せなのかを計ることなどはできないだろうが。

部屋はちょうど一番奥の角に位置していて、窓から海も山も見える。少し角度が悪いが窓から身を乗り出せば、昨日ジュンとマコが説明してくれたオンハマがある突き出た崖の様子もよく見える。

成程あれでは海から回るしかないだろうなと思わせるゴツゴツした崖だ。上の方には鬱蒼《うっそう》とした林も見える。

「さてっと」

せっかく温泉旅館にいるのだ。

「朝風呂ってぇのを味わってきましょうかね」

そうして朝食をたっぷり摂る。動き出すのは、それからで良い。さすがに朝酒というわけにはいかなくなってしまったが。

「おはようございます」

レストランに入ると、まずサンディの義母になったミチコさんが着物姿で深々と礼をしてくれた。むろんこちらも立ち止まって腰を折り、礼をする。

「おはようございます。ミチコさん」

「良いお天気でよろしゅうございました」

「いや、まったくですな」

外国人のサンディを嫁に、若女将に迎えた太っ腹な女性で、ここの現役の女将だ。笑顔はあくまでも柔らかく、その物腰も丁寧だ。外国人だからといって無遠慮に見つめるようなこともない。昨日ロビーに居たときには入ってくる客という客にじろじろ見られて閉口したものだが。

「ゆっくりお休みになられましたか?」

お布団などに不満はありませんでしたか、と訊いてくる。何の問題もない。自分のオフィス兼部屋ではソファに横になってそのまま寝てしまうことも多い毎日だ。きちんと横になれるだけで上等というもの。

「せっかくのご滞在に家族でゆっくり歓迎できないのが心苦しいんですが、済みませんね」

「なにをおっしゃる女将さん。充分歓迎してもらってるってもんで」

昨日、私が玄関をくぐったときには、この女将にリュウイチくんにミッキー、そしてサンディの義父になったヨシイチさん、つまりここの先代の社長も揃って並び、笑顔で挨拶をしてくれたのだ。ささ、どうぞどうぞと招き入れてくれたのだ。このホスピタリティはアメリカにはなかなかない。正に日本式というものだろう。それだけで充分だ。

「そうそうザンティピーさん、これをお渡ししておきますね」

ミチコさんは帯の隙間に手をやりそこから何かを取り出した。

「これは」

車の鍵だ。

「田舎ですから、あちこち行くのに車は欠かせません。家の古くて汚い車ですけどご自由にお使いください」

「いやぁかたじけない。けどね、生憎とあっしは国際免許を持っていなくてね」

そう言うと、ミチコさんは口に手を当ててころころと笑った。

「この町を走る分には誰もそんなこと気にしませんよ。それに実希子もいますから、どうぞ運転手に使ってください」

そういうことならば、ありがたく借りておこう。足には自信はあるものの、確かに町中の移動手段であるバスが昼間は一時間に一本もないという交通事情はなんとしたものかと思っていたのだ。

食事は和食と洋食を選べるようになっていたが、むろん、和食を選んだ。日本に来て和食を食べなくてどうするのだ。箸《はし》の使い方だって私は充分に習得している。

海に面したこの町はもちろん魚が豊富だ。朝食にも名前はわからないが焼き魚もついている。メニューにはしっかり書いてあるらしいが、そこは私の欠点なのだ。

私は、日本語が読めない。

唯一読めるのは〈大将〉という文字で、それはニューヨークにある馴染みの寿司屋の名前だ。箸の使い方もその店で学んだのだ。それじゃああんまりだというのでサンディは昨夜リュウイチくんの名前も漢字で書いてくれたが、まるで頭に入らない。どう見てもエジプトの文字と区別がつかない。優《すぐ》れた耳による言語取得能力が高い代わりに、私の眼からの情報取得能力は低いのかもしれない。

「うめぇな」

思わず呟いてしまう。ライスも味噌汁も旨《うま》い。むろん、新鮮な焼き魚も旨い。ソイソースを発明した日本人は未来永劫讃えられるべきだと思う。

レストランには他にも客がいる。ざっと数えても二十人近くはいるから、ひょっとしたら泊まり客以外にも朝食を食べに来ている人もいるのかもしれない。

旅館の皆も忙しそうにしている。なかなか〈ゆーらっくの湯〉は繁盛しているらしいが、町自体はそうでもないらしい。

昨日ミッキーが教えてくれたこの町の歴史によると、その昔は漁でかなり裕福な町だったらしい。それが、時代とともにその魚が獲れなくなりどんどん町は衰退していった。今でももちろん漁業が中心であることには違いないが、ひたすら先細りだという。つまり、死に体に近いらしい。ただそれはここだけの話ではなく、日本のほとんどの田舎町が抱える共通の問題らしい。

こんなに旨い物が食べられるのに、町は衰退していく。この〈ゆーらっくの湯〉を改装したのも少しでも町に活気を与えるためでもあったという。温泉が湧いているのはこの近辺ではここだけだそうで、しかも、露天風呂は海に面しているという日本でも珍しい温泉らしい。つまり、この町で唯一の観光資源というわけだ。

「骨、か」

旨い物を食べているときに考えたくはないが、考えてしまう。

確かに衰退する町なのかもしれないが、平和な町だとミッキーは言っていた。事件らしい事件など起こった記憶がない。交通事故でさえ、せいぜい自分で自分の家の車庫にぶつけたという程度。

そんな町で、骨が出た。人骨が。

八年間そういう部署にいたのだから、人の骨は警察官生活の中で数多く見てきた。

大学で専攻してきたことが十二分に生かされたわけだが、まさか日本に来てまで見る羽目になるとは思わなかった。

昨日サンディに見せられた骨はおそらくは成人の指のものだが、指だけでは確定のしようもない。大ざっぱな言い方だが猿の指の骨だって人間と同じようなものだ。

だが、サンディは見つけた場所には他にも人骨があるという。持ってきて悟られずに保管していられるのが指の骨という小さなものだけだったのでそうしたのだが、他の骨もある。

オンハマに。

むろん、その骨を見つけたのはオンハマでだ。

サンディが見つけたのではなく、ここの飼犬のタロウが掘り出していたと言う。そこに人骨だと確定する確固たる証拠があった。要するに頭蓋骨も同じ場所で見つけているのだ。サンディは確認していないが、間違いなく身体全部の骨がそこに埋まっている感じだったそうだ。

昨夜はあまり長い話はできなかった。話の途中で仲居さんがサンディを呼びに来たのだ。いずれ兄妹でゆっくりできる時間を取れるようにするとリュウイチくんは言ってくれたが、ちょうど今は予約が一杯の時期で難しいのだろう。

とにかく、オンハマに人骨が埋まっていたのだ。

それをサンディはタロウの導きで見つけてしまった。

むろん、リュウイチくんには相談できなかった。なにしろ、オンハマはこの地の聖なる場所なのだ。誰も入ってはいけないと言われている。

嫁に来たばかりの、しかも外国人であるサンディがあっさりとその禁を破ってしまったのだ。

確かに言えるはずがない。

しかし、単に海岸に人骨が埋まっていたというのなら、事故の可能性もある。海岸に身元不明の死体が漂着し、そのまま骨になってしまうというのは、可能性がないわけでもない。むしろ不思議な話でもなんでもないだろう。ましてやオンハマは立ち入り禁止の場所なのだ。誰にも知られずにそのままになってしまい、それをタロウが見つけてきたということは十二分に考えられる。

日本には人情というものがある。仏さんをそのままにしておくのは薄情というものだろう。それを理由にオンハマに入っていって調べるという手段もあるか。

しかし、サンディは、骨は掘り起こさなくてはならないところに埋まっていたと言っていた。潮の満ち引きだけで遺体がそこまで埋まってしまうことはあるのだろうか。この辺りの潮の流れなども調べてみる必要もあるか。ましてや波に洗われていたのなら、散逸してしまう可能性の方が高いのではないか。

やっかいな事件かもしれない。

しかし同時に、最終的にはそうでもないかもしれないとも思う。サンディがオンハマに立ち入り、骨を見つけたのでは後々拙《まず》いことになる可能性が高い。せっかくの喜ばしい結婚生活に染みが一点つき、波紋を広げるかもしれない。だからサンディも言えずにいた。それほどまでにオンハマというのはこの地の人たちにとって神聖な場所なのだろう。

しかし、発見したのが私ならばどうだ。

探偵などという仕事をしている好奇心旺盛な外国人が、地元の禁制の場所に足を踏み入れ人骨を発見してしまった。

それならばサンディは、馬鹿な兄がお騒がせして申し訳ありません、と謝るだけで済むだろう。仮に最終的に事件性が高い骨だったとしてもサンディに直接関係するようなものではないだろう。

案外サンディが私を呼んだのも、そういうことが頭にあったのではないか。素直で裏表のない性格の妹ではあるが、あれでなかなか頭は回る。平和的な解決をあれこれ考え抜き、私を呼ぶことにしたのかもしれない。むろん、久しぶりに私に会いたいという気持ちと、大好きな日本を私に味わってほしいというサンディの好意を疑うものではない。サンディはそういう妹だ。

骨になってしまった人物は、どんな人間なのか。

長い長い年月をあそこで一人過ごしてしまったのだろう。

どんな理由で辿りついたのかはこれから調べるが、孤独であったことだろう。とりあえずは冥福を祈っておく。

旨い飯を食べながら考えることではないが、なに、慣れている。死体を見た後でも平気でハンバーガーにかぶりつけなくては、ニューヨークで警察や探偵などやっていられない。

「旨かった」

あっという間に平らげて、ご飯はお代わりもしてしまった。淹れてもらった煎茶というものを飲む。これも旨い。ここに滞在しているうちに体重が増えそうだ。ランニングシューズを調達して走った方がいいかもしれない。

ウィンストンに火を点ける。食後の一服をする。

「さて」

なにはともあれオンハマに行き、その人骨を確認するのが先決なのだが、迂闊《うかつ》に動いて周囲の人間に悟られてもいけない。

さてどうやって動けばいいかと考えていると、紫煙の向こうにミッキーの姿が見えた。私を見つけて微笑み、小走りになってやってきた。

「おはようございます」

「おはよう」

今日はどうしましょうかと訊いてくる。

「一日、何も予定はありませんので、なんでもおっしゃってください」

にこりと魅力的な笑みを私に向ける。ありがたい申し出だが、むろん、人骨を探しに行きたいとミッキーに話せるわけもない。

「そうだなぁ」

散歩か。

「まずは、腹ごなしに散歩でもしようかね。付き合ってくれるかい」

調査だ。

事件解決の第一歩はどんな場合でも、自分のこの眼で全てを確かめることから始まる。

☆

「この辺も、私の小さいころから考えると随分変わってしまったんです」

ハンドルを握りながらミッキーはそう言う。町を一望できるような場所はないかと訊くと即座に良いところがあると向かってくれた。

ボーヨーダイという名の山の上だそうだ。日本語では〈海を望む台〉と書くそうだ。むろんそう聞かされても漢字が頭に浮かぶはずもない。〈ゆーらっくの湯〉からオンハマとは反対方向にさらに進み、山の上へと車は登って行く。小型のトラックなのでエンジンが喘《あえ》ぎ声を上げながら回っている。

「変わったってのは、人口が少なくなってるって以外にかい」

「そうですね」

　さっき走ってきた国道の整備などが行われて、海岸線の護岸工事なども行われたそうだ。国がとりあえずやる仕事というのが道路から始まるのはアメリカも日本も同じか。道路を造り、人の行き来を活発にして土地の開発を行わなければ仕事も金も回っていかない。そう言うとミッキーも頷いた。

「工事の人たちがうちに寝泊まりして、確かにそういう意味では潤ったこともあります。仕事が増えるのはいいことなんですけどね」

　車はぐるぐると山の道路を回りながら登り、どうやら頂上についた、広い駐車スペースが出来ている。ミッキーはそこに車を停めた。

「ここも、昔はただの野原だったんですよ」

「なるほど」

「公園にしちゃったんですけど、こんな感じで」

　夏休みだというのに誰もいない。確かにこんな山の上に公園を作ったところで誰がやってくるというのか。

「キャンプ場とかっていうなら、わかるけどなぁ」

「そうなんですよね。地元ではそういう話も出ています。ここを有効利用しなきゃならないって」

二人で端の柵のところまで歩いていく。

「なるほどねぇ」

ボーヨーダイ。海を望む台の名前は伊達《だて》ではないようだ。

「こいつぁいいねぇ」

素晴らしい眺めだ。

町が一望でき、海の遥か彼方まで望める。あの海の向こうが我が故郷のアメリカならばより一層良かったのだが、生憎とそこは日本海だ。その向こうは中国かソ連だろう。そう言うとミッキーは笑う。

「ソ連ですよ。その昔はロシアの人達もけっこうこの町に来ていたようです」

「へぇ。そんなに近いのかい」

「昔、と言っても私達も知らない遠い遠い昔ですけど」

この北海道は人の手が入ってまだ百十年程という若い土地だそうだ。そういう意味ではアメリカと同じで日本の中では若い国なのだそうだ。それは知らなかった。

「開拓していた頃には、アメリカの方もたくさん来てくれて、手助けをしてくれたそうですよ。北海道にはその時期に活躍したアメリカの人の名前がたくさん残っています。その偉業に感謝した銅像とかもありますよ」

「そいつぁ嬉しいね。知らなかったねぇ」

我が国の伝統であるフロンティア・スピリットは、アメリカから遥かに遠いこの北海道と我が国を結びつけていたというわけか。

「その一方で、船に乗れば流れて着いてしまうロシアの方との行き来もあったそうです」

あそこ、とミッキーが海風に躍る髪の毛を押さえながらもう一方の腕を伸ばした。

「あそこは花丘《はなおか》という土地なんですけど、大昔にロシアの船が遭難して土地の人が救助にあたったという話も残っています」

「へぇぇ」

「私の小さい頃はとてもきれいな海水浴場だったんですよ。海の中は岩場になっていて、迷路みたいな岩の間を泳いでいくこともできたんですけど」

見ると、今はとてもそういう風には見えない。コンクリートに固められたただの坂だ。

「潮の流れが変わってしまったという人もいますね。近くの海水浴場でも、昔とは波が違うとか砂浜がどんどん狭くなっていくとかいろいろ問題も起きているみたいです」

とても良い景色なのだが、景気の良い話は聞けないというわけか。日本の地方都市は悩める土地が多いとは聞いてはいたが。

「するってぇと、ミッキーやリュウイチくんのご先祖さんも、何代か前にここに来て開拓した人ってぇことかい」

確か、三代目だと言っていた。そうです、とミッキーは微笑んだ。この子の笑窪《えくぼ》のできる笑顔は非常に可愛らしい。リュウイチくんとはあんまり似ていないと思ったが、笑顔は確かに同じだ。

「旅館業は確かに兄で三代目なんですけど、ここにやってきたのは四代前だって聞いています。曾祖父ですね。やっぱり漁師をやりはじめて、そして私の祖父も漁師だったんですけど、その時代に漁で成功して、もともとあそこにあった天然温泉の土地を買い上げて旅館を作ったそうです」

　なるほど。成功した漁師だったというわけだ。漁で景気が良かった時代もあったと言っていた。

「あの向こうの、オンハマだったかい？」

　私は、海に向かって突き出した崖を指差した。

「立ち入り禁止になっていて、なにやら昔話があるってぇことだったけどよ。どういうものなのか知ってるかい」

　ミッキーは、あぁ、と苦笑いした。話し出そうとして、一度頷き私を見た。

「そっちの方に行ってみましょうか」

　それにしても、人がいない。

　そう言うとミッキーは苦笑した。実際〈ゆーらっくの湯〉を出てからかれこれ小一時間外にいるのだが、私が眼にした町の人間はまだ三人しかいない。

「そんなものですよ」

「子供たちもあんまりいないのかい」

ジュンとマコはどうしているのか。

「確かに少ないですけど、いますよ。小学生は海か山のどちらかで遊んでいます」

夏休みの間、ここらの子供たちのすることはそれぐらいしかないとミッキーは言うが、そのどちらかができれば充分だろう。

「ああいう風に海岸沿いに家が並んでいますから、庭の向こうはもう砂浜なんですよ。だからそっちに回った方が人がたくさんいますよ」

家の裏手が海というのは、それはリゾートだろう。しかしここではそれが当たり前なのか。いや考えてみれば父母が暮らすロサンゼルス郡にもそういう場所はある。私が住んでいる頃には縁が無かったが。

〈ゆーらっくの湯〉を通り過ぎ、駅の方に向かって少し車を走らせる。海に向かって突き出した崖の辺りには小さな古ぼけた鳥居がある。雑草が生い茂る小さなスペースにミッキーは車を停めた。

砂浜や岩浜が続く海岸線で、ここだけが緑が濃い。まるで神様がスプーンで大地を削り取って残したような雰囲気がある。ミッキーは鳥居の右脇にあったこれも朽ち果てそうな祠《ほこら》に手を合わせた。むろん、私もそうする。伊達にビデオを見続けたわけではない。日本の風習にも私は通じている。

「手は打たなくていいのかい」

「あ、その辺はご自由に」

打ってみた。鳥居があるということは神社なのだろう。神社であれば手を打つのが正式なはずだ。むろん、日本人が形式を大事にしながらも、ある種の寛容さを持っているのも知っている。要は気持ちさえあればいいのだ。

「行ってみましょう」

ちょっとした林の方向をミッキーは指差す。

「いいのかい」

「途中までなら大丈夫です」

確かに、立ち入り禁止の場所なのにそこにはけもの道ができている。歩き始めるミッキーの後に続いて歩く。木陰に入ると途端に辺りの空気が二、三度下がるような気がして、心地よい。

これは日本に限ったことではないが、森や林の中というのは独特の空気が漂う。単純に言うと空気が美味《うま》い。洋の東西を問わず、古くから森や山に神性を求める気持ちがあるのも判るような気がする。

草に覆われたけもの道を少しばかり歩くともう海が見える。そうして、オンジョイワの全貌も見えてきた。

「絶景かな、ってもんだな」

ミッキーがくすりと笑う。

「ご覧の通り、歩けるのはここまでです。ここから先は何か装備がないと御浜に下りるのは難しいです」

完璧な崖というわけではないが、確かに急勾配で道などないし草木が生い茂りどこを歩けるのかもわからない。下のオンハマまでは、十メートル以上はあるだろう。うっかり足を滑らせると大怪我に繋がる。

しかし、サンディは入ったのだ。確認はしなかったが舟ではないだろう。サンディはあまり泳ぎが得意ではないし、犬のタロウと一緒に来たと言うのだから。

「なんとか下りる方法はあるんじゃねぇのかい」

ミッキーは少し首を捻《ひね》った。

「ないことは、ないです。あちらの」

〈ゆーらっくの湯〉の側を指差した。

「うちの方からこの崖を下り、海側から迂回する形でならなんとかいけるはずです」

つまり、今私たちはUの字の形をしているこの半島のような崖のカーブのところにいるわけだが、そうではなくUの字の右半分をぐるっと回るような感じか。

「でも、入らないでくださいね」

にこっと笑う。

「入ったからってどうだということはないんですけど、あまり良いことはないみたいです」

「どんな昔話があるってんだい」

昨日、ジュンやマコに訊いても教えられないと言われた。そう伝えるとミッキーは頷く。

「子供たちにはおじいちゃんおばあちゃんが話して聞かせますからね。御口さんの呪いがあるって」

「オングチさん？」

「お義兄さんは、日本語は書けないんですよね」

「生憎となぁできねぇんだよ」

「妖怪は知ってますよね？」

概念としては知っている。いわゆる、日本のモンスターだろう。

「一つ目の、正体がわからないそういうようなものが、この御浜の、オンジョ岩の主なんだそうです。一つ目というのを口にするのも怒りに触れるので、御口という名前に言い換えて呼ぶんだそうです」

成程。よくわからないがそういうものか。ミッキーはさらに続けた。

「〈一つ目〉と言えないので、同じ顔の中でひとつしかない口を代わりに使ってると伝承されてます。だから漢字で書くと〈御〉に〈口〉」

マウスですね、と言う。要するに口に出してはいけない言葉を別のもので言い換えているというわけか。そういう概念は理解できる。

「要するに、ウミボウズとかよ、フナユウレイみてぇなものってことだな？　このオンハマの主のオングチさんってのは」

「そうですそうです。よく知ってますね海坊主とか」

「あたぼうよ。なめちゃあいけねぇよ。おいらの日本の知識はマンハッタン一だぜ」

笑ってミッキーは続ける。

もちろんただの昔話だと。しかしこのオンハマに入り込んだり、オングチさんの名を口にした人間が災難にあったり死んだりした言い伝えはたくさん残っているそうだ。

「うちの祖父も、そういうことを経験した一人なんですよ」

「へぇ」

昨日、挨拶だけは済ませた。ゼンジローさんというお名前で、今年八十一歳になられたということだったが、まだまだしゃんとしておられた。

「小さいころにはよく聞かされました。仲間の漁師が海で死んだり、御浜に埋められて死にかけたりとか」

伝説、伝承。むろんアメリカにも、いや諸外国にも神話を含めそういう話は山ほどある。ましてやこの日本は八百万《やおよろず》の神がおわす地だ。そういう話は幾百とあるのだろう。何も知らないからといってむやみに外国人が踏み込んではならないような領域というのは確かに多いはずだ。

「お盆という日本の風習を知ってます？」

「おお、知ってるぜ」

死者を敬うものだろう。確か夏に行われるものだ。

「その時に海に入っちゃいけないという話を知ってますか？」

「聞いたことあるな。死者に足を引っ張られるってんだろう？」

「同じような話で、この辺りに住んでる人は〈足砂埋〉をしてる人もいますよ」

「アスナズメ？」

「お盆の終わりの日、太陽が沈み始めてから、完全に消えるまでの間、砂浜に足首まで埋めてじっとしているんです。そうしておけば、一年間は御口さんの名前をまちがって口にしても大丈夫なんだそうです」

成程。いわゆる封じのおまじないか。そういうものはアメリカにもある。

「それでジュンやマコは言えなかったぇことかい。そのアスナズメてぇのを去年してなかったから」

「そうかもしれませんね。子供は素直ですから。そんなことあるはずないって思っても怖いんでしょうね」

「するってぇとさっきからずっとオングチさんって言ってるが、ミッキーはそのアスナズメをしてるってぇことかい」

「してませんよ」

笑った。

「わたしは、信心深い方ではないですし、大人ですよ」

でも、と続けた。

「入ってはいけない、と昔から伝えられているんですからそれは守ろうと思ってます。たぶん、この町の人たちは皆そうですよ。実際、ときどきこうやって御浜を見下ろしますけど、砂浜に足跡があったことはありません。少なくとも私は見ていませんね」

風が強く吹いてきてミッキーの長い髪を揺らしていた。波の音は絶え間なく響いてくる。なるほどこうして見ていてもこのオンハマには何かしらのものがあるのではないかという気もしてくる。

特に、小さな湾のようになっている真ん中に、海の中に聳《そび》え立つオンジョイワは壮観だ。喩えれば奥歯のような形をした大岩。おそらくは侵食の果てにこういう形になったのだろうが、あそこだけ取り残されたというのも何か特別なものがあったような気さえしてくる。

私がオンジョイワを見ていたのがわかったのだろう。

「あそこ、登って上に上がったら気持ち良さそうでしょう」

「まったくだ」

「でも、残念ながらああいう風な形をしているので、上には登れないんですよね。きっと登山とかの特別な装備があっても無理じゃないかって話です」

「ヘリコプターで下りるかって話だな」

「そうですね」

　ここから見えるオンジョイワの岩棚はかなり広く平らなスペースが拡がっている。岩の割れ目もあるようだが、普通のテントなら四つや五つは張れるのではないか。あそこでキャンプでもできればさぞや爽快なことだろう。

　火を焚き、上から釣り糸を垂らして魚を捕って食べる。自慢ではないがそういうアウトドアな生活も私は得手としている。

「もったいねぇなぁ」

　温泉と同様に、このオンハマやオンジョイワも素晴らしい景観だ。両者はかなり近い位置にあるのだから、ここを自由に観に来ることができるようにするだけで、十二分に観光資源になるような気もするのだが。

　そう言うとミッキーも頷いた。

「私もそう考えたことがありますし、そういう話もときどき話題には上がるんですけどね。やっぱりここは」

「入っちゃいけない聖地ってかい」

「お年寄りからは猛反対されますから。特にうちの祖父が」

「ゼンジローさんがかい」

　はい、と頷いた。

「御浜の管理のために年に数回、代表者が入って掃除をしたりするんですけど、その頭になっているのはうちの祖父です」

3

〈ゆーらっくの湯〉の眼の前の浜は海水浴場ではない。

きれいな砂浜とは言い難い小石混じりだし、海の中も岩があったりして決して泳ぎやすくはない。が、波と戯れ、軽く泳ぎ、あとはビーチチェアに寝転がりパラソルの日陰でうとうとする分にはまったく問題ない。その上、海水と汗でべたべたになったらそのまま温泉に入りに行けばいいのだ。

この衰退していく町で〈ゆーらっくの湯〉がかろうじて踏みとどまり、利益を上げているというのもわかる。現に私の他にも宿泊客や地元の皆さんがざっと数えても三十人ほどはここで気持ち良さそうに夏の一日を過ごしている。ここの浜で遊ばずとも近くの海水浴場でひと泳ぎし、そうしてここで汗を流していく日帰りの入浴客はひっきりなし、とは言えずとも途切れずにやってくる。

サンディが毎日忙しそうにしているのもよくわかってきた。従業員の数が多いわけでもないので、家族全員が一日中働かなければならないのだ。

しかし聞けば、ホッカイドウの夏は短いそうだ。

このように海パン一枚で海浜でのんびりと過ごせるなんていう日は一ヶ月もないそうだ。〈ゆーらっくの湯〉がここをプライベートビーチにして海遊びの施設を充実させない理由がよくわかった。一年に一ヶ月だけでは確かに商売にはならないだろう。ましてや近隣に海水浴場があるのだから。

むろん、私はただこうしてのんびりしているわけではない。常に観察をしている。

確かに、オンハマには誰も近づこうとしない。ちょうどここからは海側からオンハマへの入り口付近が見えるのだが、海水浴場からさほど離れていないのにもかかわらず、海から近づこうとする舟は一艘もない。むろん、ミッキーが言っていた唯一陸から入っていけるこちら側の崖をぐるっと回ろうとする人影もない。

まぁそもそも道路を歩いている人影自体が少ないのだが。

〈ゆーらっくの湯〉の様子、カサジマ家のことも大分わかってきた。

女将でリュウイチの母のミチコさんは五十歳。ふくよかな優しい雰囲気の女性だ。

先代で父のヨシイチさんもまたミチコさんに似た雰囲気の優しそうな男性だった。

似た者夫婦というが、まさにそんな感じだった。聞けば、小学校からの同級生だったそうだ。幼馴染みで結婚したというのはなかなかにいい話じゃないかと思う。

そして八十一歳になったという祖父のゼンジローさんに、祖母のトキさん。トキさんは姉さん女房で現在八十五歳。日本には姉さん女房は金の草鞋《わらじ》を履いてでも探せという言葉があるそうだが、まさにそんな感じなのだろうか。

これがカサジマ一家だ。そこにサンディが加わり、いずれリュウイチくんとサンディの子供が生まれて、まぁここを継ぐかどうかは別問題だが家族が増えていくのだろう。

おっとミッキーを忘れていた。

ミッキーには恋人はいるのだろうか。もしいないのなら、この辺りの若い連中は眼がないと言っていい。あるいはミッキーの眼が肥えているのか。

祖母のトキさんは優しそうなグランマという風情だったが、近頃は少し頭の回転が鈍ってきたそうだ。まだ寝込むところまではいってないが、話しかけてもあまり反応しなくなってきたと。まぁそれは年老いていけば誰にでもあるものだ。〈ゆーらっくの湯〉の建物に隣接して建つカサジマの家でのんびり暮らしていて、仕事場に現れるのは温泉に入るときぐらいだと言う。

祖父のゼンジローさんは今も現役で働いている。温泉の掃除や湯の管理を息子であり先代の社長だったヨシイチさんとやっているそうだ。

八十を超えても矍鑠《かくしゃく》としていられるというのは誠にうらやましいものだ。元々は漁師だったというのだから、若い頃に鍛えた肉体のおかげだろうか。温泉は大昔からここに存在していたのだろうが、漁師を辞めてこの地を買い取って自分のものにして商売を始めたのは慧眼《けいがん》というものだ。そういう才のあった人物なのだろう。

赤銅色の肉体に、刻まれた深い皺。味わい深い表情を持った人物だ。酒を飲むのが楽しみだという話をしていたからいずれゆっくりと杯を交わし語り合いたいものだ。

リュウイチくんは三代目として忙しく働いているが、メインは厨房の仕事だ。元々は調理人としての修業をずっとしていたらしい。

ここのメニューはなかなか素晴らしいものがあるが、それを全部取り仕切っているのがリュウイチくん。私の記憶ではサンディに料理の才能はなかったはずだ。パンケーキ一枚焼くのにも何枚炭に変化させたかわからない。リュウイチくんに教えてもらっていればいいのだが。

今晩もサンディは仕事に一区切りついた段階で部屋を訪ねてくれるだろう。そのときにもう少し骨の発見時の様子を聞かなければならない。

そして実際にそこに行かなければならない。禁足地であるオンハマに。人目を避《さ》けるためにはやはり早朝か夜中だろう。

早朝の散歩のふりをして足を伸ばす。あるいは、夜中にネオンが恋しくなったといって列車で隣町の繁華街まで行くふりをするという手もあるか。

いずれにしても、それなりの装備が必要になるかもしれない。明日辺りは隣町へ足を伸ばし必要なものを購入してこよう。懐中電灯、手袋、ロープは必携か。それにスニーカーもだ。履いてきた革靴と持ってきたビーチサンダルではどうしようもない。

遠くから、私を呼ぶ声が聞こえた。子供の声だとわかったので、主が誰だかすぐにわかる。声のした方を見るとジュンとマコが砂浜をこっちに向かって走ってくる。

私は微笑んで二人を迎えた。

「よう、お二人さん」

ジュンは海パンにTシャツ、マコはワンピースの水着に薄手のチェックのブラウスを羽織っている。

「こんにちは！」

二人揃って、大きな声で返事をする。元気な子供たちを見るのは気持ちが良い。それにしてもこの二人はいつも一緒にいるのか。他の同級生たちはどうしているのか。

「今日も二人なのか」

「そうだね」

「他の同級生とかはどうしてる」

「ちょっと家が離れているから。でも、後から一緒に遊ぶよ」

そうか、そういえば二人の家はこのすぐ近くという話だった。

「ジュンとマコの家はどこだい」

「あそこ」

二人揃って指差したのは、〈ゆーらっくの湯〉の道路を挟んで斜め向かい側。

「屋根しか見えないけど、茶色の屋根の家がワタシの家で、隣がジュンのうち」

正面には海、反対側には山。この子たちが健康的に日焼けをしている理由がよくわかる。

「いつも海で泳ぐのかい」

「泳ぐよ。ジュンはすっごく上手い。水泳の選手」

「ほう、そいつはすげぇな」

ジュンが照れ臭そうに微笑む。てっきり大人しい読書好きの男の子かと思っていたがなかなかのスポーツマンらしい。

「お父さんが昔水泳の選手だったんだよ。オリンピックの候補選手にもなったの」

なるほど、親にそういう背景があればそうなるのだろう。私が寝そべるビーチチェアの横にすとんと二人で座る。

にこにこしながら私を見ている。

「ザンティピーさん、ニューヨークから来たんだよね」

「おう、そうだよ」

「どんなところなの。海ある？」

「海は、すぐ近くにあるっちゃあ、あるな。ニューヨークの街を、映画とかテレビとかで見たことねぇかい」

あるかもしれないけど、わかんないと言う。まぁそうだろう。この年頃の子供たちの都会はただの都会という記号でしかないだろう。

「まぁ言っちまえば味も素っ気もねぇただの街だけどよ。高いビルばっかりで人がたくさんいてな。それでも、おもしれぇ街だぜ」

人が多く集まる。集まれば人生という名の色合いが増える。この町のように少ない人口であればその色の種類は僅《わず》かで、同じような系統の色合いの人生になっていくのだろうが、ニューヨークは違う。

ありとあらゆる色の人生が集まりごちゃまぜとなり、結果として灰色の街になっていく。その中で色として存在を誇示できるのは原色のカラーだけだ。赤青黄色、緑に白に黒。

街は、暗い灰色の人生をバックにして、原色の人生がその上を滑るように走り抜ける。

ニューヨークは、マンハッタンはそういう街だ。だがそれを説明してもこの子たちには理解できまい。

「そういやぁミッキーからな」

「ミッキー？」

「おっとしまった。ミキコちゃんからな」

二人でミッキー！　と叫んで大笑いしている。

「オンハマの話を聞いたぜ。どうしておめぇたちが言えなかったのかもわかった」

途端に二人で口を塞《ふさ》ぐ真似をして、少し笑った。

「じゃ、聞いたの？　あれの名前」

「おう、あれの名前は」

わざとふざけた様子でオングチさんという名前を言おうとしたら、マコは笑いながら慌てて私の口を塞ごうとする。ジュンなどは慌てて私の頭を抱え込んできたぐらいだ。

成程、こういうふうに伝説は町に根づいているのだな。

「でも、先生なんかは普通に言うけどね」

「先生？」

ジュンが大きく頷いて言った。

「厚田先生です。今、僕の担任の先生です」

小学校の先生か。

「厚田先生はね、郷土史の研究家なんだよ」

「へぇ」

郷土史か。

「ここに来たときからね、おもしろいって言っていろいろ研究して、本とかも書いているんだよ。そしてね、実希子さんの」

マコが続けようとしたところを、ジュンが慌ててマコの手を引っ張った。

「マコちゃんそれ内緒」

「あ」

「なんだよ。まだ内緒があるのか」

ジュンが口をもごもごしながら笑みを浮かべて、頭を傾《かし》げた。

「でもジュン、ザンティピーさん、サンディさんのお兄さんで、実希子さんのお義兄さんにもなったんだからいいんじゃない？」

私は優秀な探偵であると同時に、酸《す》いも甘いも噛《か》みしめた都会の男である故に、この会話の行く先はすぐに理解した。

「実希子さんのカレシなんだよ。まだお父さんお母さんには内緒なんだけど」

アツタ先生はなかなかに見る眼がある男性らしい。

「なんで内緒なんだよ。学校の先生ならきっと立派な人だろうによ」

むろんそうとは一口には言えないのは承知だが訊いてみた。ジュンは、私の耳に口を寄せて、小さな声で言った。

「実希子さんのおじいちゃんが、厚田先生のこと嫌いなんだって。大げんかとかしたらしいよ」

☆

天気予報ではここしばらくは晴天もしくは曇りの暑い日が続くようだ。

海水浴の客を目当てにしている海の家や、もちろん〈ゆーらっくの湯〉もホッと胸をなで下ろしているとサンディは言った。

『せっかくの夏が雨続きだと、売り上げががくんと落ちちゃうんですって』

『もちろん、そうだろうな』

サンディが仕事に一区切りをつけて私の部屋にやってきたのは、昨夜と同じ十時過ぎだった。また熱いお茶を飲み、一息ついていた。

仕事に疲れているのは確かだが、それは嫌な疲れ方でないのはサンディから漂う雰囲気が物語っている。もはや、私が知っている幼い妹ではない。妻として、夫の仕事を献身的にサポートすることに喜びを見出している女の姿だ。

『それで、サンディ』

『はい』

『詳しく聞かせてくれ。あの骨を発見したときのことを』

また仲居さんが呼びに来ないうちに。そうでなければ私はまた明日も中途半端な状態のまま町を歩くか浜辺で寝そべっていなくてはならない。サンディはこくんと頷き、お茶を一口飲んだ。

『まだここに来て一週間ぐらいの頃。皆が気を遣ってくれて、慣れるまでは温泉の仕事も少しずつだったのね』

やはりカサジマ家の皆は優しい人たちばかりらしい。

『それで、それまではお祖母様を中心に皆が適当にやっていたタロウの散歩を私が引き受けることにしたの。タロウのことは町の皆が知ってるから、散歩であちこち歩き回れば町の皆に私の顔を覚えてもらえるし、私も町を覚えられるから一石二鳥で』

外国人が一人しかいないのだからすぐにわかるだろうが、そこはまぁいい。確かにタロウの散歩が仕事というのは良いアイデアだ。タロウは北海道犬という種類らしい。犬の散歩は健康のためにもいい。

『でも、ある日うっかりリードを放してしまって、タロウは一目散に砂浜を走っていってしまって』

『そうか』

それで、オンハマに。言うとサンディは頷いた。

『入ってはいけないというのはお祖父様に何度も念を押されていたけど、タロウを放っておくわけにはいかないし』

必死で追いかけたという。そのタロウの走ったルートというのが、ミッキーが言っていたこちら側からオンハマに入って行くルートだったのだろう。

『ものすごい苦労したわ。でもお陰様で山歩きには慣れていたし、しっかり散歩するから服装もトレーニング用のジャージを着ていたし』

足下もしっかりスニーカーを履いていた。そうして、苦労しながらオンハマに入り、そこでちゃっかりと休んでいるタロウを見つけた。

『でもね、タロウは穴を掘っていたの』

『砂浜にか』

『違うの』

　砂浜から崖へと続く岩や土のある部分。木や草がそこから生えているという境目の砂浜側の付近。砂と土が入り交じるようなところで、砂浜よりは掘り難いが、犬が簡単に穴を掘れる程度には柔らかいところ。

『何で掘ったんだろうかなって考えたのよ。ほら、犬って暑いときに穴を掘ってそこに座り込んだりするじゃない？　うちに居たジョンだってそうだったでしょう』

『あぁ』

　そうだった。久しぶりにジョンのことを思い出した。まだ二人が幼い兄妹だったころの話だ。うちで飼っていたジョン。あいつが死んだときには私はサンディに見られないようにこっそり物置きで泣いたものだ。

『私も走ってきて崖を登り下りして疲れていたので、そこで少し休んだの。何の気なしに、タロウが掘っていた穴を、そこら辺にあった木の枝で掘ってみたのよ。そうしたら』

　出てきたのだ。

人骨が。

『頭蓋骨が見えたから、すぐに判ったわ』

『よく気絶しなかったな』

くすりと笑う。あぁその顔は小さいころから変わらない笑顔だ。

『私、そんなに気の弱い女の子だったっけ？』

『いや』

苦笑いした。そうだった。サンディは気の強い女の子だった。ホラー映画も好んで見ていたっけな。

『びっくりはしたけど冷静に考えたわ。船が難破してここに流れ着いた人がそのまま白骨化してしまったのかと。でも、違うの』

『そんなところに埋められるはずがないな、漂着した死体が』

『そう。明らかに、人間の手によって埋められていたのよ』

『白骨の状況は判るか？　つまりどういう状況で穴に埋められていたか』

サンディは頷いた。

『横に寝かされていたと思う。深さは、二十センチもなかったかしら』

二十センチ。死体を埋めるには浅過ぎる深さだが、それはどういうことなのか。

『そこには波が届いてはいないんだな？』

サンディは首を捻った。

『満潮と干潮でどうなるのかは全然わからないんだけど、届いてたふうではなかったわ』

いずれにしても、埋められていたのは、明々白々。サンディはそんなところを間違う人間ではない。

だとしたら、これは。

『事件だな』

すぐにでも警察に届けるべき、事件だ。

だがしかし。

『お前が見つけてしまったのでは、拙い。いくらタロウを追いかけたとはいえ、祖父であるゼンジローさんの言いつけに背いたとあっては肩身も狭くなるだろう』

難しい顔をしてサンディは頷いた。

『私はまだゼンジローさんとは挨拶しかしていないが、どういう人なんだ？』

『そうね』

決して、周囲が嫌悪するような気難しい人ではない。しかしやはり、古い人間ではある。

『日本の頑固爺《じじい》なのか』

『昔気質《かたぎ》、という感じかしら』

日本ではかつて父権というのが強かった。それは、数々の映画を観てきた私も理解している。家の長の言うことは絶対なのだ。

『もうそんな時代ではないってことは、リュウイチさんもお義母さんも言ってるけれども』

『まだゼンジローさんの言葉は重みを持つということなのだな。このカサジマ家の中では。リュウイチくんよりも、お父さんのヨシイチさんよりもずっと』

『そうね』

ならば、結論は一つだ。

『このまま放って置けば骨は眠り続けるわけだが、それではお前の夢見が悪い。かといってお前が見つけたと言ってしまえばお前の立場が悪くなる』

せっかく愛し合って結婚したリュウイチくんとも、下手すれば離婚の危機になる。愛する妹の幸せを守るのが兄の役割だろう。

『私が、その骨を見つけたということにしよう。探偵などという仕事をしている馬鹿な兄の好奇心が、聖地に足を踏み入れさせ、骨を発見してしまった。妹のお前はただひたすら謝ればそれで済む。ゼンジローさんもそんなことでお前を疎《うと》んじはしないだろう』

怪我の功名ではないが、既に私はオンハマについてかなり好奇心豊かにミッキーに質問している。そんなことをしでかしてもあぁやってしまったかと思ってくれるだろう。さらに探偵という職業意識がそうさせたのだと納得してくれるだろう。

そして、少なくとも、ミッキーもミチコさんも理不尽な人間ではないと私は判断している。ちゃんとサンディをかばってくれるだろう。

サンディが、一度眼を伏せた。

『ごめんなさい』

『何を謝る必要がある』

私は、そのためにやってきたのだ。

『出来るだけ思い出して、その場所へ向かうルートを書いてくれ。夜はそこに行くのは難しいか？』

『かなり難しいとは思うけど』

『しかし、昼日中では誰かに止められる可能性も高いだろう』

国道沿いを歩く人はほとんどいないが、海岸にはいつも誰かしらの姿があったように思う。この町では町中より海の方に人がいるのだ。

『月の明るい晩になら、なんとかなるのじゃないか』

過去に経験したことがあるが、月夜の海岸沿いは想像以上に明るい。

『大丈夫だ。これでもアウトドアには自信がある』

急《せ》いては事を仕損じる、というのはアメリカでも日本でも同じだ。まだここに来て三日目なのだ。

せっかく大枚をはたいて日本にやってきたのだ。短くとも半月は滞在するだろうという話を事前にしていた。ならば、一週間も経《た》った頃、退屈になってきて刺激を求めてオンハマに足を踏み入れるというのが無理のないストーリーだろう。

隣町に出掛けて必要なものを買ってこなければならないし、事前にゼンジローさんにオンハマについての話を聞いておくのも良いだろう。それも、自然に、かつさりげなく。

4

要するにやることとは変わりないのだ。

日本の、この町の夏を楽しめば良い。

朝食を摂っていると、ミッキーがいつものように長い髪の毛を揺らせて私の方へやってきた。

「お義兄さん、おはようございます」

「おう、おはよう」

「今日は沢の方に行ってみませんか？」

沢、とは山の方だろう。海沿いに暮らす人たちとは少し生活圏が異なるが、町としては同じ町なのだと言う。なるほど細長い海沿いの町だと思っていたのだが、山の方までも同じ町だったのか。

「それもいいな」

山道と川原を歩くことになるので、革靴ではまずいので安物でいいからスニーカーを買いましょうとミッキーは言う。渡りに船とはこういうことだ。自分だけで買いに行く手間が省けたというもの。ついでに懐中電灯やロープなどもと思ったが、さすがにミッキーの前でそんなものを買ったら不審がられるだろう。

「どこまで行くんだい？　買い物に」

「スニーカーなら、そこの通りにある雑貨屋で売ってます」

見栄えの良いものはないが、山を歩くだけだしそれで充分だろうと。頷いていたところに、リュウイチくんが現れた。

私の義弟になったリュウイチくんは、なるほどサンディが惚れただけあって涼やかな印象の良い男だ。日本人にしてはきっと高い部類だろう身長も体形も私とさほど変わらない。

何より、笑顔が良い。笑うと日本人らしいアーモンド形の瞳が柔らかくなりとても人懐こい印象を与える。

「おはようございますお義兄さん」

「おう、おはよう」

忙しい中、挨拶をしに来てくれたのか。そういうところも義理堅い。

「なんか、実希子ばかり顔を出して、サンディと過ごす時間が取れなくてすみません」

そんなことを気にしていたのか。なんでもないと私は笑って軽く手を振る。

「この年で妹と話せねぇのを淋しがってちゃあ気持ち悪いだろうよ。充分良くしてもらって楽しんでるからよ。気にしないでくれよ」

すみません、とリュウイチくんはまた頭を下げる。日本人は事あるごとにお辞儀をするが、私はそれを好ましいと思う。

私の知識なので正しくはないかもしれないが、かつてこの国にいた武士同士は決して相手に頭の天辺《てっぺん》を見せずにお辞儀をしたという。相手をしっかり見たまま腰を折るのだ。

それは、常に相手を敵と見なして隙を見せないためだという。しかし、普通の武士ではない日本人は気軽に相手に頭の天辺を見せる。それは何の邪気もなく相手を信用仕切っている証拠だろう。日本人の美徳のひとつではないか。

リュウイチは何の話をしていたんだとミッキーに訊き、山に案内するためにスニーカーを買おうと話していたと言った。

「あ、じゃあ」

リュウイチくんは微笑む。

「それならお義兄さん、僕のを使ってください。わざわざ買うのはもったいないでしょう。サイズは同じはずですよ」

「おっ、そうかい」

「山に行くのなら、僕の道具が他にもいろいろ揃ってるので、好きなように使ってください。部屋の横の物置きにありますから」

サンディともそういう話はしていたという。

「それから、服だって、ほとんど同じサイズのはずです。いやじゃなければどんどん使ってください」

「そりゃありがたい」

服や下着類は最小限しか持ってきていない。洗濯はサンディに渡すとやっておいてもらえるが、どうやらこれで買い物には行かないで済みそうだ。

仕事に掛かる経費は安い方がいいに決まっている。ましてや今回はただ働きだ。ニューヨークに帰ってひもじい思いをするのをできるだけ避けるためにも倹約は必要だ。

☆

川に沿った道路を、ミッキーが運転する車は走っていく。相変わらず他の車が走っているところをほとんど見ない。

川は、さほど大きくはないがあちこちに大きな岩があり景観豊かな川だ。緑が濃く、蟬の声がまるで音の塊のようになって降ってきている。道路は舗装になっているものの、ガードレールは申し訳程度にしかない。すれ違うときには川側を走る車は少し怖いのではないかと思う。

「かなり上まで行くのかい」

「そうですね。上流の方が楽しいですから」

楽しい、とは何か。もっと素晴らしい景観が待っているというのか。三十分ばかりも走ったところでミッキーは車を停めた。ちょうどカーブのところに車が数台停められるほどの草っ原の空き地があり、そこには既に車が一台停まっていた。

「ここからは歩きます。川沿いにかなりきついところを登っていきますけど大丈夫ですね？」

「おう、合点だい」

足にはリュウイチくんに借りたバスケットシューズを履いている。パンツもアーミー風のポケットがたくさんついた丈夫なものを借りた。白の厚手の麻のシャツに帽子に首にはタオルと山歩きには充分な装備だ。

せせらぎを聞きながら、そして涼しげな山と川の空気を味わいながら、ミッキーはごつごつした岩の川原をどんどん歩いていく。正直こんな険しいところを歩いて行くのは子供の頃のボーイスカウト以来だが、なに伊達にバスケットで鍛えてはいない。

何かの音が響いてきた。

「なんだい？　ありゃあ」

岩を硬いもので叩くような音だ。ミッキーが振り返り、前方を指差した。

「ほら、あれです」

男性が一人、川原にしゃがんでいた。その傍らには子供が二人。

「マコとジュンじゃねぇか」

すると、あの男性は。こちらに気づいたのだろう。彼は立ち上がり、こっちに向かって手を振った。ジュンとマコも振り向いて手を振る。

その手にはハンマーが握られていた。

「化石？」

「そうなんです。ここら辺りは化石の宝庫なんですよ」

ジュンの担任、そしておそらくはミッキーの恋人であるアツタ先生はそう言って笑みを見せた。

「おそらくは昔は海だったのでしょうね。ほら、さっきマコが見つけた貝の化石です」

マコが腰に下げていた網の中から取り出して見せてくれたのは、大きさが十五センチほどの割れた岩だ。その割れた断面に確かに貝の形をしたものがはっきりと見て取れる。

「なるほどねぇ。こりゃあいいや」

化石と聞いて心躍らない男はいないだろう。私も小さい頃は自然博物館などで恐竜の化石などを見て喜んでいた子供だ。

まさか日本に来て化石探しをできるとは思っていなかった。

「恐竜の化石なんかはありそうかい」

訊くと、アツタ先生は頷いた。

「この近くで一部が見つかったことはあります。ですから、可能性がないわけではないですよ」

小学校の理科という科目の授業中や、夏休みの自由研究でこうして化石を探すのはここら辺りの学校では定番だと言う。さっそく私もアツタ先生のアドバイスで化石を探すことにした。

しかし。

私は心の中で苦笑いしていた。化石といえば、骨だ。

どうやら今回の旅はとことん骨に縁があるらしい。

ここのところは晴天が続いているので川の水かさも減っている。増水の危険はまったくないとのことで、ジュンとマコは浅瀬に入ってそれらしい石を探し出しハンマーで割っている。私は、アツタ先生に言われたように川に沿っている崖に埋まっている手頃な大きさの丸めの石を探し出すことにした。

ミッキーはジュンとマコと一緒にいて見守っている。いかに地元の子供たちとはいえ、こういう場所では大人の眼は必要だろう。

しばらくの間、私たちのふるうハンマーの音だけが川原と山にこだましていった。そういえばこの山には熊が出ると言っていたが、それは大丈夫なのだろうか。そう思った瞬間に腰に手をやってしまって苦笑いした。そこに拳銃のホルスターはない。むろんニューヨークで私は銃の携帯許可書を持っていて、やばそうなときにはいつも持っていく。熊に襲われることを想像してつい手が動いてしまった。

まぁこれだけ大きな音を出していれば野生動物が近寄ってくることはないだろう。

「あの二人が一緒に化石取りにいるってぇのは？」

何の気なしに聞いてみた。まさか二人しか生徒がいない小学校でもあるまい。アツタ先生はほんの少し頷いて、若干声を落とした。

「二人とも、片親なのですよ。祖父母もいなく、昼間は一人きりなもので」

「そうかい」

気づかれないように、川の中で真剣な眼差しで石を探す二人を見た。明るいジュンとマコだがそんな家庭の事情があったのか。今度会話をするときには気をつけよう。

「先生は独身かい」

確認のためにも訊いてみた。

「そうです」

苦笑いする。ぼさぼさの頭に黒縁眼鏡。冴えないといえば冴えない風貌かもしれないが、その眼には研究者独特の知性の輝きがあるように見える。

「ちょいと小耳に挟んだんだがよ」

「なんでしょう」

「カサジマさんちのゼンジローさんと大げんかしたってぇことだったが、何があったんだい。や単なる好奇心だけどな」

あぁ、とまた苦笑いする。ハンサムではないが好ましい笑顔だ。きっとアツタ先生は子供たちに優しい先生に違いない。

「大したことじゃないんですよ」

郷土史を調べていると先生は言った。この辺りには他の地域にはないいろいろなおもしろい歴史があるのだそうだ。

「郷土史を調べるのに、お年寄りの話は貴重な資料ですから」

当然、町に長く住むお年寄りを一人一人訪ねて、根気よくその昔話に耳を傾けるという。その苦労は私にもよく理解できる。

人から話を聞き出すというのは実はかなりテクニックのいる作業なのだ。予断を与えてもいけないし、自分が欲しい情報もきちんと集めなければならない。私の場合は事件の聞き込みといったものだが、先生の場合はこの町の歴史だ。

普通に暮らす人たちがどういう暮らしぶりで、そうしてこの町がどうやって発展してきたかを確認していく。

「善二郎さんはこの町の、顔役みたいな人ですからね。いろいろと詳しくお話を聞きたいと思っていたんですが」

「あんまり話をしてくれねぇのか」

「そうですね」

アツタ先生は他所者《よそもの》だという。ここに赴任してきたのは二年前。それ以前はサッポロにいたのだそうだ。

「こんな小さな町にそんな話すような歴史などないと突っぱねられるばかりなんですよ」

そんなことはないだろう。オンハマの話などもゼンジローさんは詳しく知っているのではないか。子供の頃にはもう既にそういう伝説があったと確認するだけで、少なくともその時代から語られていたと時間軸を特定できる。

「そうなんですけどね。何か僕は訊き方を間違ったらしくて」

二人で手を止めて、そこらの岩に座って私はウィンストンに火を点けた。箱から一本勧めると、先生もいただきますと手に取って火を点けた。

「これは、アメリカから持ってきた煙草ですか」

「おう。本場のものだぜ」

笑って、二人で紫煙を流す。ジュンとマコとミッキーは浅い川を向こう岸に渡って化石を探していた。

「これもあの二人に聞いたけどよ。ゼンジローさんに怒られたおかげで、ミッキーとも大っぴらに付き合えねぇって？」

「そんなことまで知ってたんですか」

参ったなと先生は言う。

「まさか子供たちに知られているとは思わなかった」

「ガキってのはそういうものよ。大人が考えているよりいろんなことを見ているし、感じてるもんよ」

うん、と頷く。

「そうですね」

アツタ先生は深く煙草を吸い、吐き出す。そこで、私の顔を見た。

「ザンティピーさんは私立探偵をされているとか」

「おう。そいつが生業《なりわい》よ」

「ニューヨークでそういうことをされているってことは、単なる好奇心なんですが、かなり大きな事件も請け負ったことはあるのですか？」

ないこともない。私は頷いた。

「ま、映画や小説のようにうまくはいかねぇけどなぁ」

殺人事件や汚職事件に巻き込まれたことも一度や二度ではない。もっとも、多くは誰もが見当を付けるように浮気調査や人探し、あるいは法律事務所からの依頼による地味な調査が主だ。

「おめぇさんたちが想像するような仕事を大方はこなしてきたなぁ」

ましてや、私は元は警官だ。およそ普通の人が経験できないような数々の犯罪の現場に立ち、多くの人生の悲哀と憎悪とを見てきた。タフでなければできないだろうと人は言うが、そうではない。タフでいられることに慣れていくのだ。警察官とはそういうものだ。むろん、私立探偵も。

「気に障ったらすみませんが、その耳たぶは」

「あぁ」

気がついたのか。

「お察しの通り、弾丸ではじき飛ばされちまってね」

冗談ではなく、自分でも信じられないが本当のことなのだ。私の右耳の耳たぶは下半分がほとんどない。

ある事件で犯人の撃ったピストルの弾は私のこの感度の良い耳をかすめていった。

「一週間ぐらい耳鳴りが止まらなかったな」

先生は顔を顰《しか》める。

「まぁしかしそんな物騒な事件はそうそうねぇよ。大抵は地味な仕事ばっかりさ」

それで、と私は話題を変えた。事件の話なら山ほどあるのだが、こんな爽やかな場所でする話でもないし、思い出したくもない事件も多い。

「ゼンジローさんだけどよ」

「はい」

「察するに、先生はまだゼンジローさんと仲良くなって話を聞きたいためにいろいろアプローチしてんだろう？　もちろん、ミッキーのこともあって」

恥ずかしそうに少し笑う。私はすっかりこのアツタ先生に好感を持っていた。

研究者らしい真面目そうな性格が身体中から滲み出ている。ミッキーが好きになったのもわかる気がする。何よりこの二人が並んでいるのを想像すると非常に似合うのだ。そういえばミッキーの職場も大学だ。同じく学問を志す者同士ということだ。

　人間そういうものは大切だ。

「どうだい。おいらもよ、ゼンジローさんにはいろいろ話を訊きたいんだよ。そんときに同席しないかい」

「僕がですか？」

「そうよ。なにせおいらは親戚になったんだからな。ゼンジローさんもそうそう無下《むげ》にはできねぇだろうよ。場所と時間は、そうだな、先生も今は夏休みで自由が利くだろうさ。ミッキーに訊いてよ。ゼンジローさんの身体が空いていて、ゆったりできそうなところでよ」

　それがいい。私は実はおせっかいな性質だ。それがあだになって過去にいろいろ失敗したこともあるのだが、性格などはそうそう簡単には変えられない。

　ミッキーとアツタ先生。

　私が町に滞在中に、この二人の仲がカサジマ家に認められれば、こんな嬉しいことはないような気がする。

「ザンティピーさん！　先生！」

向こうでジュンとマコが呼んだ。

「お弁当食べようよ！」

そうだ。ミッキーが手作りのお弁当を用意してくれたのだ。せせらぎの音と蟬の音が響き、緑と清流豊かなこの場所でランチとは、こんな贅沢《ぜいたく》な時間はそうそう過ごせるものではない。

☆

その日の夕方だ。

化石探しで体力を使った私は不覚にもロビーで居眠りをしてしまい、女将のミチコさんのやんわりとした笑顔に起こされた。

「お疲れですか。お部屋でお休みになられては」

「あ、こいつぁ申し訳ねぇ」

ロビーで大男の外国人が口を開けて寝ていては体裁が悪いだろう。平謝りするとミチコさんはそんなに謝らないでくださいとまた微笑む。

「のんびりなさっていただく場所なんですから」

地元の人なら起こさないのだが、いかんせん私の身長は高い。さほど大きくないロビーの椅子で窮屈な姿勢で寝ていたので辛かろうと起こしてくれたのだ。確かに身体が強張っている。夕食までにはまだ時間がある。だるさの残る身体を動かしてから温泉に入るかと、散歩に出た。

午後の四時半を回っている。夏の夕暮れにはまだ時間があるものの、空はゆっくりと優しい気配になっている。

外に出て騒音がしないというのにもようやく慣れたような気がする。あの最初に駅に降り立った日にはまるで無音の世界に来てしまったように思ったものだ。ニューヨークではひっきりなしに車の音がしている。それが当たり前だった。ニューヨークでは街がジャズを謳《うた》っていると歌ったのは誰だったか。

しかしこうして三日も経つと、その騒《ざわ》めきが懐かしくなってくるのだから人間とは我儘《わがまま》なものだ。

国道を歩き、オンハマに向かっていた。あくまでもただの散歩という風情で。強いて下見をしなくても大丈夫だろうという確信はあるが、昼間のうちに何度となく通い、オンハマの地形をしっかりと記憶することも必要だろう。そういう姿を誰かに見られても、やがて私がオンハマに立ち入り骨を発見すれば、やっぱり興味を持っていたんだなという話にもなるだろう。

鳥居の前に立ち、手を打つ。礼をする。

小さな木で作られた素朴な雰囲気だ。鳥居の現物をじっくりと見るのはこれが初めてだが、写真や映画では何度も見たことがある。それからすると、この鳥居は素人が作ったものではないかという気がする。装飾的なものは一切なく、ただ丸太を組み合わせただけのものだ。

「うん？」

この間は気づかなかった。むろん専門家ではないが、この鳥居は意外と新しいのではないか。手入れがしてあるとは言い難い。むしろまったく手入れはしていないのだろう。

「その割りには、新しくねぇか？」

確かにあちこちにひび割れができて、煤けてしまっている鳥居だが、たとえば何百年もこのまま、という風情ではないような気もする。この辺りは、アツタ先生やゼンジローさんに訊いてみるとわかるだろうか。わかったところでそれがどうだというわけでもないのだが。

そのまま歩を進めて、林の中に入って行く。向こうに人影があり驚いたが、すぐに誰だかわかった。さっき、私がロビーで寝入ってしまう前に別れたばかりだ。

「ジュン」

少し驚いたように身体を動かしたが、声ですぐに私とわかったのだろう。笑顔でジュンは振り返った。

「どうしたいこんなところで」

訊いたが、考えればジュンの家は眼と鼻の先だ。隣に立つと、私を見上げてジュンは頷く。

「絵を描いてました」

「絵?」

成程、下に画板と水彩絵の具が置いてあった。画板につけられた画用紙には空と海、そしてオンジョイワが途中まで描かれている。全体的にきれいな水色の絵だ。ジュンには絵の才能もあるらしい。

「夏休みの宿題かい」

「そうです」

「マコはどうした」

「買い物とか晩ご飯の支度とかしてると思います」

大人しい男の子という最初の印象はまるで変わらない。アッタ先生もそう言ってい
た。私はそのままオンハマを見下ろす崖の上に腰を下ろした。ジュンも同じようにし
ゃがみ込んだ。

「しかしここはいい景色だなおい」

「そうですね」

片親だとアッタ先生は言っていた。マコが晩ご飯の支度というのも、そういうこと
か。彼女の家は母親がいないのかもしれない。ジュンはどちらがいないのか。

「ジュンは晩ご飯の支度はしないでいいのかい」

「お母さんがもうすぐ帰ってきます。それから二人でやります」

「そうか」

どうやらジュンの家は父親がいないらしい。するとマコがお父さんは水泳の選手だったと過去形にしたのは、亡くなったのか。まぁその辺はあまり深く訊く必要もないだろう。そうだ。

「後でいいからよ。ジュンとマコの家の住所を紙に書いて教えてくれよ」

「住所を？」

頷いた。日本語は読めないが、後でミッキーに訳してもらえばいいだろう。

「おいらがニューヨークに帰ったらよ。二人にお土産《みやげ》送るぜ。こっちに来るときには何にも持ってこなかったからな」

「本当？」

ジュンの瞳が素直に嬉しそうに輝いた。こういうところは子供らしくて良い。

「本当だとも。何がいい。アメリカのお菓子がいいか。それとも」

「野球の何かがいいです」

「野球？」

ジュンが嬉しそうに頷いた。

「ニューヨークにはニューヨーク・ヤンキースがあるんでしょう？」

これは嬉しい名前を聞いてしまった。私も思わず笑顔になった。

「ジュンは野球が好きなのか」

「大好きです。中学に入ったら、野球部に入りたくて」

「そいつぁいいや。よし、まかしとけ。とびきりいいものを送ってやる」

球団関係者に個人的に知り合いがいる。知っているいないは別にして誰かのサインボールでも貰って送ってやろう。

煙草に火を点けた。ゆっくりと空に色味が増していく。ここの夕陽はとびきりだとサンディは言っていたが確かにそうなのだ。まったくもってこの風景を観光資源にしないのはもったいない。

ジュンが、また何か言いたげな表情を見せた。

「ザンティピーさん」

「おう」

「探偵は、殺人事件とかも調べるんですか」

興味本位の眼ではない、と私は感じた。

「そうだなぁ。調べないこともない」

ジュンは、会った日から何か私に言いたそうだった。だがしかしそれが何かは皆目わからない。

「そういうのを調べるときには、まず最初はどうするんですか？」

私はほんの少し唇を歪《ゆが》めた。これは単に少年らしい興味なのだろうか。最初に感じたように、彼もまた何か秘密を抱えているのだろうか。

「そうさな。どんな事件もそうだけどよ。まず、見る」

「見る？」

「事件によ、関係するものをよ、ぜーんぶてめぇの眼で見るんだな。そうしてよ、てめぇでいろいろ考えるのよ。これはいったいぜんたいどういうことかってな。当然、わけがわかんねぇこともたくさん出てきちまう。そうしたら」

「そうしたら？」

「今度は、聞くんだな」

「聞く」

それが何よりの基本だ。

「事件の関係者によ、話を聞くんだ。何もかもをきっちり記憶したりメモしたりしてな。料理とおんなじよ。材料がそろわねぇと何にもならねぇからなぁ」

笑みを作って私がそう言うと、ジュンもにっこり笑って頷いた。

「ありがとうございます」

礼儀正しい少年だ。そろそろ帰りますと荷物を手にして、私に手を振り去っていく。

家庭を持つことには金輪際興味はないが、子供は好きだ。

約束のプレゼントを忘れないようにしなければ。

5

〈ゆーらっくの湯〉には毎日のように温泉に入りにやってくる町の常連さんたちがいる。ここに滞在する私はその方たちとも当然のように親しくなる。ジュンと別れて戻り、ロビーに入ると私に向かって手を振ってくれる。

やはり、皆が私の日本語をおもしろがってくれるのだ。そうして笑顔で話しかけてくれる。フーテンの寅が日本人に愛されている証拠だろう。ある老人とはロビーで映画の話を二時間もしてしまって、心配した家族の人が迎えに来てしまったぐらいだ。

「どこさ行ってたの」

「散歩だよ。一風呂浴びる前にね」

サンディのことも、近所の皆さんが優しく好意的に迎えてくれていることも、ロビーでの皆さんとのふれあいでよくわかった。

国が変わっても、話すことでコミュニケーションが取れるのは万国共通だ。そして、いろいろと知りたい情報も少しずつ、かつ違和感のないように集まってくる。これこそ真の意味でのロビー活動というものだ。

「この辺は散歩したって見るもんないだろうに」

「いやぁ、あのオンハマの眺めだけでも価値があるってもんで」

ところで、と、ここでオンハマの話題を振ってみた。

ロビーの円《まる》いテーブルを囲んで椅子に座っていたのは、あのカンダさんと、それからコウダさんとハシモトさんというご婦人だった。

カンダさんは道路の向かい側で自動車修理工場を営んでいるというのは知っていたが、コウダさんとハシモトさんはいずれもこの町で暮らす、ごく普通の七十代後半のご婦人だ。産まれたときからこの町で暮らし、ここで結婚し苦労もあったが、今は子供たちと孫に囲まれて穏やかな日々を送っている。

こうして温泉に入りに来るわけだから元気なのは当たり前なのだが、私がここで出会う老人たちは本当に生き生きとしている人が多い。ひょっとしたらこれもこの温泉の効能なのではないかと思う。

三人の表情にさして大げさな変化はなかった。あぁ、というふうに頷いた。

「入っちゃいけないよザンテさん」

コウダさんは既に私をザンテさんと呼んでいる。まぁザンティピーというのが呼び難いというのはわかるのでそのままにしてある。

「そうそう。あたしらも子供のころから口酸っぱくして言われてたからね。オンジョ岩には近づくなって」

子供のころ、ということは少なくとも六十年以上も前か。カンダさんが少し唇を歪めて笑った。

「やっぱり外人さんも興味はあるのかい」

「あるっちゃあ、あるねぇ。なかなかおもしろそうな話だしな」

まぁでもあれよね、とハシモトさんが言う。

「御浜に入るなっていうよりはオンジョ岩よね。あたしが言われていたのは」

「そうなのかい？」

それは、初耳だ。コウダさんもうんうんと頷いた。

「御口さんが怒るからね。石女《うまずめ》になっちゃうから近寄っちゃ駄目だってね。まぁ御浜も気軽に下りていけるところじゃないからねぇ。行けと言われてもなかなかいけなかったけどねぇ」

「そうでもねぇだろうよ。俺なんか一度ガキの頃に御浜に下りてって、三日ぐらいメシ抜きにされたことあったぜ」

三日というのはいくらなんでも死んでしまうので年寄り特有の誇張表現だろうが。それよりも石女というのは何か。訊くと、子供の産めない女性のことを昔はそう言ったらしい。

「オングチさんってぇのは、どんなふうな姿なのかね」

むろん、私は外国人だし大人なので気軽にその名を呼ばせてもらう。

「大きくてね」

ハシモトさんが大げさに腕を広げて見せた。

「眼が一つしかなくてね、口が大きくて」

コウダさんが頷きながら続けた。

「御口さんに睨まれたら石になっちまって、そしてぱくりと食われちまうって言われたなぁガキの頃には」

カンダさんが笑いながら付け加えた。石にされるというのは、確かギリシャ神話にも出てきたのではないか。そう、ゴーゴンという怖い顔をした妖怪だったか。そういうものは洋の東西を問わず共通らしい。

「石にしちまってから食うんじゃあ、オングチさんはよっぽど歯が丈夫なんだなぁ」

そう言うと皆が笑った。しかし、ひとしきり笑った後で、笑い事でもねぇからなと、カンダさんが私に言う。

「実際、俺の若い頃には御浜に入ったせいで砂浜に埋められて死にそうになった奴がいたしな。海で死んじまった奴もいた」

カンダさんは真剣な瞳で私を見る。

「それってえのは、事実としてあったたってことかい？」

「おう」

「その砂に埋められたって男はよ。オングチさんの姿を見たってことなのかい？」

訊くと、カンダさんが首を横に振った。

「見ちゃいねえんだけどな。気がついたらまっすぐに埋められていたんだってよ。しかし普通はそんなことねぇだろう。大の男一人垂直に砂浜に埋めるってのはけっこうなことだぜ。しかもそこがもし満ち潮のときに海になっちまったら死ぬんだからな」

確かにそれはそうだ。一人でそんな穴を掘るなんて仕事は頼まれてもごめんだ。

「伝説ってのは、何かあるから伝説になるんだよ」

　カンダさんはにっこりと笑って私に向かって頷く。

「ザンテさんもこれからは軽々しく御口さんの名を呼んだりよ、御浜に立ち入ったりするんじゃねぇよ？　いいな？」

　笑みを浮かべて頷いておいた。心配してくれているのだから、ここは素直にありがたく思っておくのが人の道というものだ。

「さて、オレは一風呂浴びるけどよ。ザンテさんも入るのかい？」

「いいねぇ。ご一緒しますかね」

　たとえ年齢は離れていても男同士。裸の付き合いというのが基本だろう。

〈ゆーらっくの湯〉のお湯は、映画で観た温泉のように白っぽかったり赤茶けていたりはしない。基本的には無色透明だ。しかし、嘗《な》めてみるとやはり微妙に味がある。飲む温泉というのも日本にはあるそうだが、ここのを飲んでもいいのかとサンディに訊くと、飲んでも害はないが、むやみに飲まない方がいいとのことだった。

　タオルを畳んで頭に載せて湯船に浸かるのが正しい温泉の浸かり方だと教わったが、

むろん私は知っている。金髪で青い眼の外国人である私がそのようにしているのが珍しいのだろう。じろじろと見る人もいれば、子供たちなどは無邪気に寄ってくる。

「カンダさん」

「おう」

広い湯船に並んで湯に浸かる。ここの窓からも海が見えるのだが、まさしく海に浸かるかのような露天風呂はここから外に出て、岩場を少し歩く。

「さっきのオンハマの話だけどねぇ」

カンダさんが、あぁ、と生返事をする。

「砂浜に埋められたってのは、ひょっとしてゼンジローさんじゃないのかい」

カンダさんは、くい、と顔を動かして私を見た。その顔がほんの少しだけ険しくなっていた。

「どうしてそう思うんだよ」

「いや、ゼンジローさんとカンダさんは小さいころから友達だって聞いたからね。そうなんじゃねぇかなって思っただけで」

ひょっとしてこれは。

「図星かい」

訊くと、カンダさんは苦笑いする。

「外れだな。実は俺だよ」

「カンダさんが？」

にやりと笑う。お湯をすくって顔をぬぐって、あぁ、と声を上げる。

「ま、若気の至りってやつだな。助けてくれたのは、確かに善二郎だがな」

「へぇ」

「まぁ金輪際御浜には近づくもんかと懲りたよ」

そういうことか。

「じゃあよ、ゼンジローさんも禁を犯してオンハマに入って、カンダさんを助けたってことだね」

「俺が行方不明になったってんで探しに来たのさ。なんたって二日間近く埋められていたんだからな」

それは、かなり辛そうだ。とてもじゃないが体験したくはない。

「さっきも言ったけどよ。外人さんだからって油断しねぇでさ。もう御浜の話なんか忘れちまえよ」

　少し顔を険しくさせた。そうすると普段は温和な印象のカンダさんも途端に強面《こわもて》の男になる。

「ま、しかしあれだよザンテさん」

　にこりと微笑み、カンダさんが言ってくる。

「サンディちゃんはいい娘さんだよ」

　話題を変えたのか。オンハマの話はこれで終わりということなのだろう。私も頷き微笑んだ。

「そうかい。嬉しいねぇ」

「アメリカ人なのになぁ。一生懸命に日本風ってもんを理解しようと勉強してるし、何より働き者だ。ありゃあ本当にいい。隆一くんもいい嫁さんを貰ったよ」

　うんうんとカンダさんは頷く。妹を褒《ほ》められて悪い気がするはずがない。私も笑顔で礼を言った。

「もうすっかりここらの人間になってるしよ。皆がサンディちゃんのことを好きだ。安心していいぜ」

ますます嬉しくなる。わざわざ来た甲斐があったというものだ。サンディは幸せな結婚をしたと確信できる。

「甥っ子か姪っ子ができたら、また遊びに来るといいさ。あの二人の子供だったら、きっと可愛いだろうよ」

「おう。そうするぜ」

何年後になるのかわからないが、これで帰ってからの仕事にも身が入るというものだ。日本にやってくるための旅費を稼ぐために働くというのもいいものだろうと思う。人生に張りができる。

☆

風呂上がりにはビールで一杯、というところだろうが、私は食事を摂らないで酒を飲む習慣がない。空きっ腹にアルコールを入れると途端に調子が悪くなってしまうことをこの三十八年の人生で学んでいる。

風呂上がりの喉の渇きに自動販売機で売っている日本のミルクを使ったドリンクを

飲んでいた。これは初めての夜に飲んだものだが非常に旨く気に入っている。

しかし話には聞いていたが、日本の自動販売機というのは非常に素晴らしい。種類が多くなおかつ全てが正常に動いている。ニューヨークでは余程のまともな場所でなければあっという間に壊されて釣り銭を持っていかれるのだが、日本ではそういう事件はないことはないが、ほとんど数える程度だという。

日本人の心の豊かさを示す一例だろう。

そのミルクドリンクを飲みながら私がロビーでテレビ番組を眺めていると、リュウイチくんの声が後ろからした。振り返ると、白いコックの服装をしたリュウイチくんが微笑んで私を呼んだ。

「お義兄さん。今夜の食事は家で一緒に食べませんか」

「家ってのは、カサジマ家の母屋ってことかい」

「そうです」

家族で温泉旅館を営むカサジマ家の食事は朝ご飯以外は皆がまったくバラバラだという。それはそうだろう。皆がそれぞれの仕事をしているのだから揃って食事というのは難しい。

それでも、ゼンジローさんとトキさん。リュウイチくんの祖父母は毎日一緒に母屋で食事を摂っているという。二人だけではむろん味気なく、トキさんが多少不自由なこともあり、必ず家族の誰かが一緒に食べる。その日によって違うそうだが、今日はリュウイチくんとサンディとミッキーが身体を空けるという。

それはたぶん、私のためにだろう。わざわざアメリカから来たのにゆっくりと一緒に食事もできない私のために、気を遣ってくれたのだろう。ありがたい。

母屋は、これが日本の標準的な家なのかどうか判断はつかないが、ここに来る途中で眺めていた家々とそうは変わらないような気がしていた。

二階建てで、あちらこちらのサイズがいちいち小さいような気がするのはやはり日本人の標準体形によるものだろう。リュウイチくんはきっとこの家ではあちこちに頭をぶつけていたのではないか。そう訊くと笑って頷いた。

「気をつけてくださいね。油断するとぶつけますから」

特に戸口のところだ。ちょっと背伸びするとすぐにぶつかりそうになる。

「狭いですけど、すみません」

台所ではサンディが和服姿のまま、ミッキーと一緒に食事の支度をしていた。茶色のテーブルには美味しそうな和食がもう並んでいる。野菜の天麩羅《てんぷら》に何かの焼き魚、おそらくニモノと呼ばれる料理に、和風のサラダのようなもの。トウフのようなものもあったが色が違うのできっと何かを混ぜたものなのだろう。

ゼンジローさんは新聞を読んでいて、私が来たのでそれを畳み、うむ、というふうに頷いた。トキさんは背を丸めてちょこんと椅子に座っている。私に微笑み軽く会釈をする。

「すいませんね、お邪魔しますよ」

「どうぞ」

トキさんが小さな身体を折り畳むようにして身体を動かし、まるで囁《ささや》くような小声で私に言う。リュウイチくんに勧められて私はゼンジローさんの向かい側に座った。

「何にもありませんけど、食べましょう」

味噌汁のお椀を配り終えて、ミッキーが席につきながらそう言う。皆でいただきますと手を合わせて箸を取る。むろん私もその日本の慣習に従う。

「ザンティピーさんは」

ゼンジローさんだ。赤銅色の肌にスキンヘッド。いや正確には白髪がポツポツと見えるので剃ってはいないのだろう。顔に刻まれた深い皺が海の男という印象を深くする。

「箸の使い方が上手いがなぁ、向こうでも使っているんかい」

「ときどきねぇ、日本食のレストランに行くんですよ」

そうかい、と嬉しそうに笑みを見せてくれる。頑固親父ということだが、無愛想ではないらしい。

もちろん私も無愛想な人間ではないし、社交性もある。

「ゼンジローさん」

「なんだね」

「リュウイチくんがサンディを連れてきたとき、驚いたんじゃあないですかい」

ほんのわずかに唇を歪め、微笑んで小さく頷いた。ニモノを口に運んで旨そうに食べる。

「まぁ向こうから写真を送ってきとったからなぁ。格段に驚きはせんかったが」

そこでサンディを見て笑った。

「実際に会ったら写真よりえらく別嬪《べっぴん》さんでな、そんで驚いたがなぁ」

サンディは恥ずかしそうに微笑む。リュウイチくんも笑う。トキさんは相変わらず小さな身体を丸めるようにして、薄く微笑むような表情を崩さないでゆっくりと食事を摂っている。

あぁ、大丈夫なんだと思った。むろん、リュウイチくんやミッキーの様子からして心配はしていなかったのだが、ゼンジローさんがサンディを見る眼には優しさが感じられた。多小なりとも頑固で気難しい祖父に嫌われては肩身が狭いと思っていたのだが、心配ないようだ。

だがしかし、それとオンハマの人骨の問題は別だろう。

「さっき、カンダさんと一緒にひとっ風呂浴びたんですがね」

「ほう」

「オンハマのことをいろいろ訊いたんですよ」

ピクリと、サンディの手が動いたのがわかったが、そのまま何事もなかったかのように食事を続けた。ミッキーとリュウイチくんは、ほんの少し表情を変えてそっとゼンジローさんの反応を窺《うかが》うようだった。トキさんは、何も反応がない。

ゼンジローさんは、表情を変えずに私を見て、小さく頷いた。

「あいつは昔っからほら吹きでな」

「そうなのかい」

「こまい魚を畳一枚ほどの大きな魚にしちまう。だから、話半分に聞いておいた方がええぞ。それだけ気をつけりゃあ気の良い男だ」

「オンハマであったことも、大げさなんですかね？　なんかオングチさんに埋められてたってぇ話をきいたけど」

じろり、と眼を剥いて私を見た。

一瞬だが私は、ニューヨークに、マンハッタンに戻ったような気がして全身の細胞が一度じわんと膨らみ、また縮んだ。

ほんの僅かだが、リュウイチくんの身体にも緊張が走ったような気がした。

それほどゼンジローさんの眼光が鋭かったのだ。この安全な日本ですっかり弛緩《しかん》してしまった私の肉体に、あの街の匂いを思い出させる程に。

小さく息を吐いてゼンジローさんは口を開いた。

「そん名前はぁ、もう二度と口にせん方がいいぞ。智夫もそう言わんかったか」

トモオさんとは、カンダさんのことだろう。

「申し訳ないです。そういやぁ言われました」

ゼンジローさんは隣で黙って食事を摂るトキさんの方を窺った。トキさんは相変わらず何の反応もない。

「外国の人にしちゃあおかしな話でしかないかもしれんがな。こん町では大事なこった。サンディさんにもよっく言い聞かせている。あんたも、まぁ確かに景色は良いから、あそこの鳥居のとっから眺める分には構わんがな。あそこには近づかない方がええぞ」

特に激高したわけではない。口調が強くなったわけでもない。しかし確かにゼンジローさんは強く反応した。それは間違いない。身体から滲み出る雰囲気が変わったのだ。

成程と納得していた。

サンディが骨を発見したことを誰にも言えない理由がよくわかった。

私だから、完全に他所者である私だからこれで済んだのだろうが、この町の人間になったサンディがオンハマに入ったことが知れたら相当に怒るのだろう。

「済みませんでした」

食事が終わり、旅館の方へ戻るときにリュウイチくんがそっと私に言ってきた。

「なにがだい？」

「祖父のことです」

「いやぁなんでもねぇよあんなこと」

リュウイチくんは苦笑する。

「今でこそ随分大人しくなったんですけど、以前はもっと怒ったんですよ。御浜のことを話題にすると」

「そうなのかい」

やはり、昔に余程のことがあったのだろう。

「以前ってのは、リュウイチくんが子供の頃とかかい」

「そうですね」

そう言ってから、ちょっと考えた。

「祖母が少し惚《ぼ》けてきてしまってからは、あまりうるさく言わないようになりましたね」

「へぇ」

トキさんが。

「急に優しくなったりもしました。気に掛けているんでしょうね」

「仲の良い夫婦なんだね。良いこった」

もう何十年も連れ添っているのだろう。二人でこの〈ゆーらっくの湯〉の歴史を作ってきたのだろう。

リュウイチくんとサンディが同じように長年連れ添って幸せになってくれることを祈るばかりだ。

☆

『明日にでも骨を見つけに行く』

サンディにそう言うと、眉間に皺を寄せた。

『大丈夫かしら』

『問題はない』

もう少し後にしようとも思ったのだが、思わぬ形でゼンジローさんに怒られた。私がオンハマに興味を持っていることもしっかりと知られた。

『良いチャンスだと思う』

計画通りに、のんびりしていたが少々飽きてきてネオン街へ繰り出すことにする。

夕陽があの海に落ちて行く時間帯がいいだろう。

『夜中にしようとも考えたが、いろいろ見て回ると夜中にあの崖を回り込んでいくのは危険だ』

サンディも頷いた。

『その時間帯ならまだ明るいが、人気《ひとけ》も少ない』

誰も彼もが夕餉《ゆうげ》の支度に勤しんでいる頃だ。

『気をつけてね』

大丈夫だ。

そうして私は、皆の忠告に従わずにオンハマに立ち入り、偶然にも人骨を見つけてしまった馬鹿者を演じればいい。

すぐにでも警察に通報すれば大騒ぎになるだろう。私も警察に事情を聞かれる。日本の警察はニューヨークの警察より優しいだろうか。

一段落したら、カサジマの皆に謝って回る。全ては私の不徳の致すところ。サンディは一切関係ないし、皆さんご存知の通り良き嫁になろうと努力している。どうかどうかよろしくお願いしますと涙を流せばそれで許してくれるだろう。

演技力には自信がある。

これでも大学では演劇部に居たのだから。

6

その日は極力部屋に籠《こも》っていた。

朝食を摂った後には、少し片づけなくてはならない仕事を持ってきているのでコーヒーを部屋に持ってきてくれないかと頼んでおいた。実際にそんなものはないのだが、なにテレビでも観ていれば済む話だ。

外に出れば、知り合った人たちと会う。会えばどこそこへ行かないかと誘われるかもしれない。夕方に備えて、しっかりと休んでおくつもりだった。

道具は既に揃えてある。化石取りに行ったときの靴や服装はそのまま部屋の中に置いてある。加えてロープや懐中電灯などもリュウイチくんの持ち物の中から借りておいた。準備は万端だ。

それにしても、日本のテレビ番組というのは多彩だ。アメリカよりはチャンネル数は少ないようなのだが、それはたぶん国土の狭さが関係しているのだろう。

ニュース番組でも歌番組でも日本語を理解できる私は充分に楽しめる。少し飽きたら昼寝をする。起きたら温泉に浸かりに行く。

まったく、素晴らしい時間の過ごし方だ。

私の人生の中でこれほどのんびり過ごすのは生まれて初めてだろう。

骨を探しに行くためにのんびりしているというのが、多少余計だが。


夕方になり、私はリュウイチくんの物置きから借りた鞄を手に、部屋を出た。カサジマ家の誰かに見られたら、予定通り隣町に飲みに行くと言うつもりだったのだが、幸いにして誰にも会わずに玄関を出ることができた。

夕陽が海に沈もうとしている。

水平線は赤く燃え、その上の空は青から紺へ変わろうとしている。いつ見てもここの夕陽は素晴らしい。

砂浜をゆっくりと歩いていた。もちろん歩きながら周りにも気を配っていた。大丈夫だ。周りには人影はない。急いで、林の中に紛れ込んでいく。この中に入ってしまえば後は見つかる心配はない。

サンディが覚えていたルートを探したが、そんな必要もなかった。よく観察すると、人が歩いていけそうなところはけもの道ともいえないが、なんとなくわかる。むろん下草が伸び放題で、道などとは言えないのだが、そこに足を運び、そしてその木を支えにして、というのが見て取れる。

　おそらく、不心得者はそうして入っていくからだろう。そうして年に何回かは浜の掃除に入るというゼンジローさんたちも通るルートなのだろう。

　ぐるりと崖を回り込み、そうして二十分も林の中を歩き、ようやくオンハマに降り立った。

　思わず笑みが浮かぶ。納得の笑みだ。

『これは、素晴らしい』

　思わず英語で言ってしまった。

　本当に素晴らしい浜だ。砂浜はここらの浜とはまるで違う色をしている。おそらくは潮の流れの関係なのだろう。白浜と言っても差し支えないほどの美しさだ。

　そうして、真ん中に聳え立つオンジョイワの異様さ。

　確かにこれは畏敬の念が湧いてくる。ここにオングチさんが住んでいると言われても頷ける。この美しさを守るために立ち入り禁止にしたと言われても納得できるほどだ。

確かにここは誰にも荒らされたくない場所だ。

『さて』

感心ばかりもしていられない。骨を見つけなければ。サンディの書いた地図を開く。砂浜を歩かないように林との境界の辺りをぐるりと迂回する。私にだって信心は多少はある。ここを荒らす気持ちなどはない。

サンディは、穴には土を戻さなかったと言った。隠すために軽く掛けてはおいたが、そのままになっていればすぐにわかるはずだと。

十歩先から見て取れた。

『あれだな』

明らかに掘った跡。私はしゃがみ込み、リュウイチくんの物置きから借りてきた手袋をして薄く掛けられた土をそっとなぞった。

すぐにそれは現れる。

頭蓋骨。

日本にはしゃれこうべ、という言葉もあるそうだ。なかなか語感のいい言葉だと思う。そっと眼を閉じ、私は冥福を祈った。誰かはわからない。わからないが、この人物は長い長い間ここに埋められていたのだ。さぞかし淋しかったことだろう。

『誰かは知らないが』

英語で話しかけてから、うっかりしたと言い直した。おそらく外国人ではないだろう。いや外国人なのか？　まぁいい。日本語で言っておく。

「ちゃんと供養してやるからよ。もう少し待っててくれよ」

日本風に手を合わせて、祈った。

感傷はそこまでにして、観察する。

確かにサンディの言う通り浅い穴だ。頭蓋骨がようやく埋まる程度の浅い穴。持ってきた小さなスコップで周りを掘ってみたが、硬いというわけではない。その気になればかなり深くは掘れそうだが、何故こんなに浅く埋まっているのか。

ゆっくりと土をどけていく。

『うん？』

その疑問が頭に浮かんできた。

『これは、どういうことだ』

想像していたような事態ではなかったようだ。その理由をじっくり考えようとポケットから煙草を取り出そうとしたとき、頭の後ろに衝撃が走った。

誰かに殴られたのはわかった。

それっきりだった。

私を支配したのは、闇だった。


誰かが何かを言った。

それはわかったが、聞こえたが、どうしようもなかった。

闇の中に、落ちていった。

☆

誰かが私を呼んでいた。

ザンティピーさん、ザンティピーさん、と何度も。

そうして、私の体を揺すっている。

「あ」

声が聞こえた。顔も見えた。

「アツタ先生」

私がそう言った。アツタ先生が心配気な表情をして、私を覗き込んでいる。

覗き込んでいる？

ようやくそこで私は意識を取り戻した。私は、寝転がっている。しかも砂浜に。ということは、ここはオンハマだ。

まだ空には明るさは残っているが、確実に辺りは暗くなっている。夜空に星がひとつ二つ浮かんでいる。波の音は静かだ。

そうだ。

私は殴られて、気を失ったのだ。

「大丈夫ですか？　救急車を呼びましょうか？」

『いや』

英語で言ってしまったが、声は出る。大丈夫だ。声を出してもどこかが痛むということはない。

「ちょいと待ってくれよ」

後頭部、いや、首の辺りに鈍痛がある。

手を動かしてみた。大丈夫だ動く。指も全部ついているようだ。足はどうだ。右足、左足と動かした。これも大丈夫だ。動かして痛みもない。

今まで何度となくこういう目にはあってきた。自分の身体と向き合う方法はよく知っている。

「大丈夫なようだな」

身体を動かし、起き上がろうとした。やはり首の辺りに痛みが走るがそこ以外はなんともないようだ。ゆっくりと上半身を起こした。先生も私の背中に手をやり、手伝ってくれた。

「まいったねこりゃ」

「何があったんですか」

先生が訊くが、私にもわからない。

わかっているのは。

「殴られたってこったな。誰かに後ろから」

しかも、私に気づかれずにそっと近づき。

「どうしてそんなことに」

そこで私は気づいた。やはり殴られると意識が混乱する。

「いや、アツタ先生こそ、なんでここにいるんだい」

入ってはいけないオンハマに。先生は、顰め面をして頷いた。

「電話があったんです」

「電話？」

「ザンティピーさんが御浜に倒れていると」

なんと。

「電話してきたのは誰だって訊いてもわかんねぇんだろうな」

先生は頷いた。

「明らかに声を変えていました。受話器を布で覆って、ひょっとしたらスピーカーか何かを通したのかもしれません」

「だろうよ」

「どういうことなんでしょう」

私を殴った奴が電話をしたのだとすると、正体は知られたくないが、私を殺す気もなかったということだろう。

「そうじゃねぇとしたら、殴った奴の他に、この現場に誰かがいたってぇことだな」

私が殴られるのを見て、あるいは倒れているのを発見して電話をした。そしてそいつも正体を知られたくなかった。どうしてなのかはわからないが。

「いや、そもそも」

先生は周りを見回した。

「どうしてザンティピーさんはここへ」

そうだった。あれはどうなった。

私は頷き、ゆっくりと立ち上がった。どうやら殴られて少し移動させられたらしい。

ということは、私のような大男を動かすぐらいの力はあるということだ。

「女子供じゃないってことだな」

「そう、ですか？」

先生に靴を見せた。

「靴んなかに砂が入ってねぇしな、ひきずった跡もない。ってことはかついで運んだってことだろう。おいらをかつげるんなら、それは男の可能性が大きいだろう」

「確かに」

そして。私は歩を進め、殴られる前に発見した骨の場所まで移動した。先生はこれに気づかなかったんだろう。覗き込んだ私の視線の先を確認して、眼を丸くした。

「さすが先生、骨には慣れてるってかい」

「冗談じゃないです。僕が慣れてるのは化石です。こんな骨じゃないですよ」

「骨には違いねぇよ」

アツタ先生は首をぶんぶん振った。

「これは、本物なんですか？　どうしてこんなものがここに」

私はゆっくりと首を回した。まだ痛むが、首の骨に異常はないようだ。ポケットをまさぐると煙草はあった。取り出して一本火を点ける。

「財布もある。ってことは物取りの犯行じゃないってことだな」

先生にも勧めたが首を横に振った。

「説明してください。何が起こっているんですか一体」

その真剣な、そして心配そうな表情に、回り始めた頭で浮かんできた仮説をひとつ打ち消した。先生が私を殴ったのではないかと思ったが、そうではない。

もしこれが演技なら、アカデミー賞の審査委員たちは今すぐにアツタ先生に主演男優賞を与えなければならないだろう。

煙草を吹かした。紫煙が流れていく。今は何時かと時計を見ると、七時を回っていた。どうやら殴られてからそれほど時間が経っていない。しかし、骨を見つけて戻るだけにしては時間が掛かり過ぎている。

あまり長い時間戻らないとサンディが心配するかもしれない。

「落ち着いて先生。今、説明するからよ」

サンディからニューヨークに電話があったことから始めた。

サンディは私に遊びに来いと言ったが、その言葉の裏側に何かがあると私は悟っていた。訊くと、タロウに導かれてこの骨を発見したという。入ってはいけないオンハマに入り、人骨まで発見してしまっては、サンディの立場が悪くなる。

「そこでおいらが見つけたことにしようってね」

アツタ先生は大きく頷いた。頭の回転が速い人だというのはもうわかっている。

「サンディさんを守ろうとしたってことですね。ザンティピーさんが勝手に入って見つけたことにすれば善二郎さんに怒られることもないだろうと」

「そういうこったね」

だが、こうしてサンディに教えられた場所を掘り、骨を見つけたところで。

「殴られたってわけですか。誰かに」

そうなのだ。迂闊にも誰かに後をつけられたか、あるいはオンハマに入って行くところを見つけられたのか。

「どちらにしても、ザンティピーさんを殴った男は、この人骨に関係してるってことでしょうか。これを見つけられたから、殴って気絶させて」

「いや」

私は首を横に振った。そうではないと思う。

「骨がこうして残ってるってことは、おいらを殴った奴もびっくりしたんじゃねぇかな」

「そうなんですか？」

「骨を持っていって隠さなかったのが何よりの証拠じゃねぇか。殴った男がこの骨の存在を知っていて、発見したおいらの口を塞ごうとでもしたのなら、殴って気絶させただけってのは中途半端じゃねぇか」

　そうなのだ。煙草を吸ったことでさらに頭が回ってきた。

「そいつがこの骨に関係した奴なら、おいらに見つけられたんだから、慌ててこの骨を隠そうとしただろうよ。しかし、ごらんの通りおいらが見つけたこのまんまだ。仮においらを殴った奴と先生に電話した奴が別人だとしてもよ。先生がここに来るまでにどれぐらいの時間が掛かる？」

　先生は少し考えた。

「早くても、三十分は掛かります。いやもっとかな」

「だろう？　そんだけ時間がありゃあこの骨を持ち帰ったり隠したりすることはできるってもんよ。なのにしなかったってことは、おいらを殴った奴はこの骨に関係はしてねえってことだ。どう扱っていいかわかんなくなってとりあえずおいらを放り投げて帰ったんだろうさ」

　そういうことだ。おそらくそれに間違いないだろう。

「いや、でも」

　先生が言う。

「とすると、どうしてその男はザンティピーさんを殴ったんでしょうね？」

「そこよ」

そこが、わからない。

この人骨に関係ないのならば、何故、私を殴って気絶させたのか。

「アツタ先生」

「はい」

巻き込んでしまって申し訳ないと私は謝罪した。

「その上で頼みがあるんだけどよ」

「わかります」

先生は即座に頷いた。

「このことは、当分の間、誰にも言わない、秘密にするってことですね」

話が早い。

しかし、話が早過ぎたのも事実だ。

アツタ先生が聡明な人間だというのは私も理解していたが、あまりにも納得するのが早過ぎる。

それに気づいたのは、とりあえず今日のところは帰ろうと二人でオンハマから出たときだ。確認すると先生は表情を硬くした。

「実は私も、考えていたことがあるんです」

「考えていたってぇと」

「この、御浜に関してです」

しかし、それを話すのには時間が掛かる。明日にでも改めて話し合おうと決めて先生と別れた。

☆

どんなことになろうとも、朝はやってくる。

首が痛んではいたが、単なる打撲の痛みだ。サンディに頼んで持ってきてもらった湿布を貼っておいたからじきに痛みはなくなるだろう。

しかし、昨日も思ったのだが、一撃で私を昏倒させたというのは大したものだと思う。しかも大した怪我も与えずにだ。誰だか見当もつかないが、犯人は日本の武道か何かの心得でもあるのではないか。

サンディは驚いていた。どうしてそんな事態になってしまうのかが理解できない様子だった。とりあえずは、騒がずにいつも通りに過ごすようにと伝えておいた。

窓際の籐椅子に腰掛け、煙草を取り出し火を点ける。

窓からはいつものように繰り返す波の音と蟬の声。そして夏の空気。

「何かが、ある、か」

あるのだ。

秘密が。

しかしそれが何か見当がつかない。

昨日も先生に話したように、あの骨に関係する人物が私を殴ったのなら、あの骨は事件に巻き込まれた人物ということになる。さっさと警察に連絡するのが市民の義務というものだ。

しかし、犯人はあの骨を隠すことはしなかった。放ったらかしにしておいた。

「間違いねぇよな」

私を殴った誰かさんも、あの骨のことは知らなかったのだ。

殴った理由は、他にあるのだ。

それを見つけ出すまでは、警察には連絡できない。

さらに言えば、アツタ先生に電話をした人物が誰なのか、ということだ。私を殴り倒した奴と同一人物なのか、違うのか。

そもそも、何故アツタ先生なのだ。

どうして電話をした人物は、アツタ先生をオンハマに寄越したのか。

可能性を突き詰めて行けば、ひとつの考えが頭に浮かんできたが、それはまだ胸の内にしまっておくことにした。


「おはようございます」

ミチコさんがいつものように朝の挨拶をしてくれる。

「大丈夫ですか？　転んで首をおかしくしたって話ですけど」

「いや、お恥ずかしいってもんで」

私は苦笑いをした。首筋の湿布薬は隠しようもない。サンディがうまく言っておいてくれたのだろう。

「もし痛むようなら言ってくださいね。お医者さんにお連れしますから」

「なぁに丈夫にできてますんでね。大丈夫ですよ」

手を振り、いつもの席に座る。ここはどこに座っても海を見渡せる最高のレストランだ。もっと宣伝をすれば客も増えるのに違いないと思う。

和食を食べることもすっかり身体に馴染んでしまった。もともと適応能力は高い方だと自負している。

旨い飯と旨い魚。

真剣に日本に暮らすことを私は考えてもいいのかもしれない。それほどに日本食は私に合っている。これでニューヨークに帰って、グディの店のハンバーガーを口にすることを考えると気が滅入ってくる。いや、むろんあれはあれでグディが苦心の上に作り出した素晴らしいハンバーガーで旨い物には変わりないのだが。

箸を操り、味を堪能しながら考える。

事故ではない。いや、死因そのものは事故なのだとしても、あの骨をあそこに埋めた人物が必ずいるのだ。

それ以前に、私があのオンハマに立ち入ることを殴ってでも阻止したい人物がいるということだ。

「いや、違うか」

「何が違うんですか？」

気がつくとミッキーがそこにいた。いかん、考え事が過ぎたようだ。昨日といいこうもたやすく誰かの接近を気づかずに許すとは。

「いや、なんでもねぇよ」

笑ってごまかす。

「首、大丈夫ですか？　鴨居に頭をぶつけて転んで、軽いむちうちみたいになったってサンディが」

そういう理由にしたのか。もう少し格好の良い怪我の仕方はなかったものか。しかし文句を言っても始まらない。

「なぁに平気さ。ちょいと古傷があるもんでね。念のために冷やしているだけさ」

「古傷というと」

「つまらねぇ事件でね。奥さんの浮気を調べていたらその奥さんとねんごろになっちまって、ベッドインしているときに旦那が帰ってきちまった。そりゃあもう大騒ぎになって旦那に殴られてむちうちになっちまった」

　いかん、朝っぱらから女性の前で言うジョークではなかったか。内容自体はほとんど事実に即しているのだが。

　だがミッキーは軽く頷いて笑った。そういえばミッキーはアメリカに留学していたのだった。こんなつまらないジョークにも慣れているのだろう。

「今日は、どうしましょうか」

　今日か。今日はアツタ先生と会うつもりだ。しかしそれをミッキーに告げるべきかどうか。ミッキーはアツタ先生の恋人ではあるものの、私の本能が、ごまかすべきだと告げている。

　ミッキーを疑っているわけではない。この笑顔のどこに、私を殴っておいて放り出すような乱暴さがあるというのだ。ましてや彼女に私を担いで砂浜に放り出す力があるようには見えない。

　しかし、こうなった以上はこの事件の関係者と考えておいた方がいい。

　私がオンハマに興味を持っていることを知っている人間は、すべて疑っておく。

　探偵とは因果な商売だが、そうすることにはもう慣れている。自分が嫌になることもない。

「今日はのんびりするぜ。あんまり動き回って首が悪化しても困るしよ」

私のことは気にしないで、好きなようにしてほしいと告げておいた。ミッキーは何の疑問も抱かずに頷いた。

「わかりました。でも何かあったらいつでも呼んでくださいね」

「おう。よろしくな」

ミッキーの後ろ姿を見送り、味噌汁を啜《すす》る。やはり旨い。

そう。違うかもしれない。

オンハマに立ち入ることを殴ってでも阻止したいわけではないのだろう。たぶんそうだ。

オンハマには立ち入ってはいけない。オングチさんの呪いがあるからだ。だから、昨日私を殴った人物はオンハマに立ち入った私を、立ち入ってそれ以上のことをするのを阻止しようとしたのではない。

だいたい気絶させて阻止するような荒っぽいことをしてどうなるのだ。口で言えばいいではないか。日本人は蛮族ではない。基本的には心優しき人々のはずだ。

カンダさんは言っていた。

かつて、気づかない内に砂浜に埋められていたと。

それは、オングチさんの呪いのせいだと。

だとしたら、私は砂浜に埋められるところだったのではないか？

埋めようとしたのだが、あの骨に気づき予定を変更したのではないか？

「こりゃあ」

私はとんでもない事実に気づいたのかもしれない。

まさかオングチさんという日本の馬鹿でかい化け物が、人を殴って気絶させてからスコップで汗を掻きながら砂浜に穴を掘り、どっこいしょと人間を埋めるなどという実に理に適った順番通りのことをするはずもないだろう。それではまるでモンティ・パイソンも真っ青のギャグだ。

そうだ、そんな理に適ったことをするのは、人間だけなのだ。

化け物は、人間ができないようなことをするから化け物なのだ。

「だとすると」

その考えは、また仮説を生み出していく。しかし、仮説ばかりを組み立ててはまずい。予断は禁物なのだ。思い込みは、簡単な事件をどんどん複雑にしていく。自分で勝手に迷路を作り、その中に入って行くようなものだ。

朝食を平らげ、満足して私はレストランを後にした。まずは、先生の話を聞いてからだ。人の話を聞くことは、調査には何よりも必要なことだ。


「よぉ、おはよう」

「おはようございます」

ロビーの椅子に座り、その日の朝刊を読んでいるときにカンダさんが、今日も〈ゆーらっくの湯〉にやってきた。小走りになって近づいてきて、笑顔で同じテーブルに座る。

「調子はどうだい」

「上々ですよ」

カンダさんの一日は、ここで湯に浸かることから始まる。朝風呂を毎日のようにしているというのは実に羨《うらや》ましい身分だと思う。

仕事の自動車修理工場はすでに息子さんが引き継いでいるという。カンダさんは、もちろん今も仕事をしてはいるが、基本的には隠居して悠々自適というやつらしい。実に羨ましいことだ。私にそんな日が訪れるだろうか。

カンダさんは、身を乗り出して私の首を指差した。

「なんだ、上々とか言いながら、どうしたいそれ」

湿布に気づいたのだろう。これから会う人ごとに説明しなくてはならないのだ。サンディの作った話をそのまま使うことにする。

「ちょっと頭を鴨居にぶつけちまってね」

それで首をおかしくしたと説明すると、カンダさんは大丈夫かいと心配そうに私の顔を覗き込んだ。

「大したことじゃないよ。温泉浸かってりゃ治るってものさ」

「それならいいけどよ。せっかくの日本で怪我して帰っちゃあなぁ。気をつけなよ」

そうしますと笑っておく。

残念な気持ちにはなるが、カンダさんも疑っておく必要はある。私がオンハマに興味を持っていることは知っているし、何より老人とはいえ今も屈強な男なのだ。

私を殴って気絶させ、担ぎ上げるぐらいのことはできるだろう。

☆

その日のお昼過ぎだ。こんな話をできるのは自分の部屋以外ない、という理由でアツタ先生は私を自宅に招いてくれた。

意外にも一軒家で驚いたのだが、アツタ先生は説明してくれた。

「この町には普通のアパートがない代わりに、空き家がいっぱいありますからね」

成程。アパートというシステムは、人の入れ替わりがある都会だからこそ成り立つものか。人口が減り続けるここにはそんなものがあっても、入居する人がいない。その代わりにこの町には人が住まなくなった一軒家が山ほどあるというわけだ。場所は〈ゆーらっくの湯〉から歩いて二十分ほど山の方に進んだところにある小学校のすぐ近くだった。

平屋ではあるが、部屋が五つもある。居間として使っている部屋の真ん中、大きなテーブルについて、先生は冷たい麦茶を出してくれた。

「申し訳ないね」

「いえいえ」

部屋が散らかっているということもない。独身生活にも慣れているようだ。

「それで？　さっそくだけどよ」

「ええ」

アツタ先生は机の上に置いてあったノートを広げた。

「疑問を持ったのは二年ほど前です」

ノートにはびっしりと文字が書き込まれてあるが、しかし残念ながら私は日本語が読めない。何が書かれているのか皆目見当がつかない。

「これは僕の聞き取り調査のノートです」

「聞き取り調査」

「御浜の伝説がおもしろかったので、この町の歴史を調べようと思ったのは言いましたよね。まずは単純に、オンジョ岩や御浜の話がいつ頃から伝わっているのか調べ始めたのです」

「ご老体の皆さんに、話を聞いて回ったってことだね」

「そうです」

先生はノートのある部分を示したが、私が何が書いてあるかわからないことに気づいて続けた。

「オンジョ岩には御口さんという怪物が住んでいる、もしくは岩に魂が宿っている。だから決してオンジョ岩に近づいてはいけない。迂闊に近づくと祟りがある、という話は、かなり古くから伝わっているようでした。名前は違っていますが、ここにかつて住んでいた先住民族の間にもあった伝説のようです」

成程。この地にも、アメリカと同じように先住民族がいたのか。それは知らなかった。この地が開拓されたということは、ひょっとしたら我が国の歴史にあるように、悲しい戦いがあったのかもしれない。

「ところがですね。御浜に立ち入るな、という伝承は比較的新しいもののようだったんですね」

「へぇ」

「オンジョ岩に近づくな、というのは今言ったように相当大昔からあったんですが、御浜に立ち入るなという話が生まれたのはそれほど昔からではないようなんですよ」

成程。先生の話はまるで小学校の授業のようだ。

「それはそうですよね。納得できることです」

「なんでだい」

「だって〈オンジョ岩に近づくな〉、という伝説は、すなわち御浜に入らなければ生まれない伝説でしょう。オンジョ岩自体、御浜に入らなければその全貌がまったく見えないんですから」

そうか。私はポンと手を打った。

「そこは気づかなかった」

確かにその通りだ。オンジョイワは遠くからでは全貌はまるで見えない。見えないことには伝説も生まれようもない。

「昔は、オンハマには皆が普通に入っていたわけだな？」

「そうなんです。実際子供の頃には御浜で泳いだ記憶があるという老人も何人かいらっしゃいます。それなのに今は御浜自体、入っていけない聖地になってしまっています。それは何故なのかと疑問に思いました。きっと何か、そういう話になってしまうきっかけみたいなものがあったのではないかと」

その通りだと思う。

オンジョイワに近づいてはいけない、から拡がっていって、オンハマにまで立ち入り禁止の伝承が生まれてしまった。そこにはきっと何かあるはずだ。

「老人たちにさらに詳しく話を聞いてみました」

この町に今も住んでいる人で、いちばん長生きしているのは、トキさんだそうだ。

「トキさんと同じ時期を生きてきた人はもうほとんどこの町には残っていません。トキさんも含めて五人です」

その五人とも私は会っている。ゼンジローさん、カンダさん、ハシモトさん、コウダさん、そしてゼンジローさんの妻のトキさんだ。

しかし、トキさんは三年ほど前から少し惚けてきてしまっているので話は聞けていない。

「皆さんの話を総合すると、彼らがまだ若い頃から御口さんの呪いのような事件が相次いだということなんですね」

例の、砂浜に埋められたり、誰かが海で死んだというようなことか。

「それできっといつの間にか御浜に立ち入ること自体がもう忌事《いみごと》になっていったのだろうということです」

「それがきっかけってことかい」

先生は、顔を顰めて頷く。

「そういうことになりますが、なんとなく納得がいきませんよね」

「いかねぇな」

そう、納得はできない。

そもそも私は呪いなどというものを信じてはいない。化け物だってこの眼で見たことはない。話の種としては楽しくおもしろいものだから構わないが、現実の事件として化け物の仕業ということに納得などできるはずもない。

「そこで、御口さんの呪いと言われるような事件がいつごろ起こり始めたのか聞いてみました。皆さん記憶があやふやなんですが、十代半ばとか後半とかそれぐらいだったと。少なくとも二十代後半じゃあなかったような気がすると。すると、おおよそ六十年か七十年ぐらい前なんです」

「六十年か七十年」

長い時間だ。場合によっては生まれた子供が死んでしまう。つまり人間の一生にも匹敵する時間。

「では、その間にこの町でどんな出来事があったのかを、年表にして、いろいろ考えてみました。物事というものは、必ず何か関連する出来事があるものです。もし本当に御口さんの呪いのような出来事が頻繁に起こったのだとすると、何か他に、見た目には関係していないけれどもどこかで繋がっているような出来事があるのじゃないかと」

納得した。アツタ先生はやはり聡明な人物だ。事件というのはそういうものだ。頷いていると、アツタ先生は私を見た。

「思いつきませんか？」

「何がだい？」

「六十年か七十年前、この町でちょっとした出来事があったんです」

ちょっとした出来事。

「おいらが知ってるってことなのかい？」

この町の人間ではない私が思いつくはずもない、しかしそう先生が訊いたということは私も知っている事実がそこにあるのだろう。

ならば、それはひとつしかない。

「ゼンジローさんが、温泉のある土地を買い取った時期じゃないのかい。そうして〈ゆーらっくの湯〉を始めたんだ」

「その通りです。そうしてですね」

先生はノートに挟まっていた何かの書類のコピーを広げた。

「温泉だけじゃないんですよ」

「と言うと」

「笠島家は、御浜の土地も買い取っていたんです。その時期に」

なんと。

「あの土地は、カサジマさんのもの？」

「そうです。要するにその辺一体を全部買い取ったんですね。もちろん、正確に言えば国の法律で砂浜沿いは満潮時の境界線上までとか、そういうのがあるのですが」

「その辺りの土地を買い取っちまえば、実質上のプライベートビーチってことになるな」

先生は頷いた。

「その通りです。そしてこの事実は、少なくとも実希子さんも隆一くんも知りません。

それ以外の家族の方には確認はしていないのですが」

プライベートなことだ。自分がそんなことまで調べてしまったというのを知られるのはどうかと思って確認はしていないと先生は言った。

ゼンジローさんは、温泉という観光資源で商売をしていながら、すぐ近くのあの絶景が楽しめるオンハマを手に入れながら放っておいている。

誰も入らないようにしている。

私が煙草に火を点けると、先生もテーブルの上に置いてあった煙草を取り、火を点けた。二人で紫煙を流し、少し考えてから先生は言う。

「どうしても納得がいかなかったのはそこです」

「そこってぇと」

「町の歴史を調べていけば、ほとんどが漁業に関することになります。魚が大漁に獲れて景気の良い時期もありました。不漁が続いて町が落ち込んだ時期もあります。そう言う事実をきちんと年表にしていくと、どうしてもそこだけが浮いているんですよ」

「浮いてる？」

私の眼を見て、真剣な顔をして先生は言う。

「笠島善二郎さんは網元というわけでもありません。一介の漁師に過ぎませんでした。善二郎さんが温泉のある土地を買い取った時期は、漁が落ち込み、町が不景気に喘いでいる時期でした。何故、ただの漁師でしかなかった善二郎さんがそのような資金を得たのか不思議でした。さすがにそんなことをストレートに本人には訊けませんし、他の人に訊くのも躊躇われます。こつこつとためていたのだろうという推測も成り立ちますが」

「それにしちゃあ、ってことかい」

「そうですね」

わかった。それで、先生はゼンジローさんの怒りを買ったのだ。そう言うと苦笑いした。

「もちろん、純粋な興味ですし、プライベートなことです。失礼な訊き方などはしないようにかなり遠回しに訊いたつもりなのですが、相当に怒られました」

「しかしよ、怒られたってことはよ」

「そうなんです」

そこに何か人には知られたくない事実があるのではないかと勘ぐってしまう。

それは当たり前の反応だろう。決してアツタ先生が卑しい人間だというわけではない。私だってそう思う。

「大金を得るような、何かがあったのか」

「そう考えてしまったんです」

「そうして、その時期にオングチさんの呪いってのが現実化しちまったんだ。オンハマに立ち入ることもなくなっていった」

「そうです」

これは、誰が考えても答えはただひとつだろう。

「オンハマに人を立ち入らせないために、ゼンジローさんはオンハマを買い取った」

いや、それ以前に。

「オンハマに、何かがあったんだ」

「そう、思っちゃいますよね」

漂流物。

しかも、金目のもの。

そう言うと先生も頷いた。

「ありえねえこっちゃないよな」

そうだ、確かミッキーも言っていたではないか。この地に難破船が流れ着いたという歴史もあると。そう言うと先生も頷いた。

「確かに、それは大きなニュースにもなってます。ニュースにならないような小さな出来事も老人たちは覚えています。どこの国だかわからないような文字が書いてあるものが流れ着くことも昔はよくあったと」

だとしたら。

「大昔、値打ちのある金品が御浜に流れ着いても不思議ではないと思うんです」

「それを、ゼンジローさんがかっさらった」

それで、温泉の土地もオンハマも買い取った。

「けど」

それでは説明がつかない。オンハマを聖地に仕立て上げて、誰も立ち入らせないようにする理由がないのだ。

「まさか、いまだに金品をオンハマから運んでいるわけでもねぇだろう」

「それは有り得ないでしょう」

現実的ではない。六十年間もあったのに、持ち運べないほどの金目のものがいまだにオンハマにあるなどと。

私は、今朝考えたことを先生に話した。

化け物の存在など私は信じない。もし、化け物の仕業というような出来事があったのだとしたら、それは人間が化け物の仕業に見せかけてやったことだ。

私を殴った人間は、きっとオングチさんの呪いを再現しようとしたのに違いない。

私を砂浜に埋めようとしたのだ。

「そこまでして、あのオンハマに人を立ち入らせたくないと考えている人間がいるってこった」

先生は頷いた。

「隠しておきたい、何かがまだ御浜に眠っているんですね。それが見つかってしまうと、善二郎さんにとっては拙いものが」

長い長い年月を掛けて、それを行ってきた人間がいる。

オンハマに眠っている何かがある。

二人で煙草を吹かして、考えた。

考えながら二人で眼を見合わせてしまう。

「きっとおいらと先生はおんなじことを考えてるぜ」

アツタ先生は、苦々しい表情をして頷いた。

☆

もはや人に話を聞いて回る状況ではないと判断した。

行動して仮説を確かめるべきだ。そうでもしないと何もかもがあやふやなままで何も進まない。

夜に行動を起こすことにした。

つまり、オンハマを捜索するのだ。徹底的に。

必ず何かが見つかるという確信はある。私と先生が二人で行動しても怪しむ人はいない。サンディには説明したが、ミッキーには二人で隣町に飲みに行くという話をしておいた。

幸い、捜索するための道具は豊富にあった。先生は化石を探すのが趣味なのだから、その手のものは山ほどある。

仮に、私を殴った人間がまた私の行動を監視していても、つまりオンハマに立ち入るのを見張っていたとしてもそれはそれでけっこうなことだ。今回は二人だ。不意打ちを食らうようなことはない。殴った相手が顔を見せたのなら、この件が一気に解決に進むだろう。むしろ歓迎というものだ。

「さて、行こうかい」

もちろん、ここに来る前、鳥居のところで二人で手を合わせた。音を立てないようにそっと手も打った。オングチさんなどという化け物は信じてはいないが、それとこれは話は別だ。

闇に紛れて、二人でオンハマに下りた。昼間に当たりをつけておいた木に登山用のロープを縛り、それを伝って一気にオンハマまで。これで随分と時間の短縮になるし、ぐるりと迂回するよりはるかに楽だ。

「気をつけろよ先生」

「ちょっとした怪盗気分ですね」

先生が小声で言って笑った。確かにそうだ。男はいくつになってもこういうことが好きだ。

オンハマの地形図は既に先生が持っていた。あの骨が埋まっている場所も既に印を付けておいた。むやみやたらに探し回っても疲れるだけでどうしようもない。そして、何も一晩で全部片づける必要もないのだ。

場所を区切って、少しずつ捜索していく。


「まずは、ぐるりと歩けるところを歩いてみようぜ」

「そうですね」

実際はそれほど広くはない。いや、何かを埋めるような場所はそんなにもないという意味だ。木がたくさんあるのだから、私たちが想像している遺体を埋めるような広さのスペースを探していけばいいのだ。

長期戦覚悟だったが、だが、あっさりとそれは見つかった。

まずは簡単に歩けるところをひと回りしていた。その途中、オンハマのちょうど真ん中辺りの林の中にそれはあった。

「まぁ考えてみりゃそうか」

「そうですね」

懐中電灯の光に照らされたそれを二人で眺めながら言った。

「埋めたにしても、どこに埋めたのか目印がなきゃあ、守りようもないさな」

「ええ」

唐突にそこにあるような印象の丸い形をした石。放っておけば苔むしてしまうような環境の中で、しっかりとその存在感を主張する石。

「墓石なのですね。だからきっと、時期にはきれいにしているんでしょう」

そうだ。墓参りにきて墓標を掃除するのは日本もアメリカも同じだ。私は懐中電灯を辺りにも向けた。

花が咲いている。緑ばかりのこのオンハマを囲む林の中には不釣り合いな花が。その様子からして、植えたものではないのだろう。種がこぼれて、自然に咲いたという感じだ。

「ってことは」

私は先生を見た。先生は私を見た。

「これから嫌な作業をしなきゃならないぜ」

「そうですね」

墓荒らしだ。むろんそんなつもりはないのだが、結局は同じことだ。

7

そうして、見つけてしまったのだ。

確かに、骨を。

人骨を。

頭蓋骨もある。

「どうしましょうか」

「どうしようもこうしようもねぇよ先生。このまんま掘るしかねぇ」

人骨が埋まっているのだ。

しかも複数。

「警察を呼んだ方が」

予想はしていたのだが、実際にまた人骨を眼にして先生は少し及び腰になったのだろう。しかしここで警察を呼ぶわけにはいかない。

「どうせもう死んで長いこと経ってんだ。焦って呼ばなくたってどうってことはないってもんさ」

元刑事が保証する。残念ながらニューヨークのだが。

「全部が見えるようになるまで、慎重に掘るんだ先生」

「わかりました」

しかし、大した作業ではなかった。確かに疲れはしたが、穴自体はそんなに深くない。せいぜいが三十センチといったところか。

こちらも、人の死体を埋めるにしては浅いのではないか。

そしてその穴に埋まっていたのは。

二体の骸骨。

それがきちんと並んでそこにある。

「先生」

「はい」

「こりゃあ、間違いなく墓だぜ」

こくんと頷き、息を吐いた。

「そう思います。私も」

穴はしっかりときれいな長方形に掘られていた。そして二体の骸骨は手を腹の上で組み合わせた形で仰向けにきちんと寝かされていた。

間違いない。これは、埋葬された死体だ。決して打ち捨てられるようにして捨てられた死体ではない。

ここに埋めて、弔ったのだ。

私はしゃがみ込み、ポケットから煙草を取り出し一本取った。

「吸うかい？」

「いただきます」

先生が口にくわえた煙草にライターで火を点け、そのまま自分の煙草にも点けた。

煙がゆっくりとオンハマに流れていく。

「大昔なんだろうな」

「そう思います」

服の切れ端も何もない。骨さえ失われたところが多くある。土に埋められた死体の状況はその土壌でどうなるか見当もつかないが、埋められて相当経つことは間違いない。

「先生よ」

「はい」

「確かに、先生の推理通りなら、この土地を買い取るようなお金が急にできたってのもわかるわな。そうしてゼンジローさんがオンハマの伝説を作り出して、オンハマに誰も入らないようにしたってのもわかる。何もかも辻褄《つじつま》が合うってもんよ」

「そうですね」

　この二体の白骨化死体は、おそらくはここに漂着した外国人の死体だ。それがロシア人なのかどうなのかはわからないが。

　彼らは船が難破する際に、持てるだけの財産を身に付けたのだろう。だがそれも空しく溺れてここに打ち上げられたのだ。

「それを発見したのが、善二郎さんだったのでしょう」

　そうなのかもしれない。それは本人に確かめるしかない。

「けどよ」

　私は向こう側を指で示した。

「こうなると、ますます理屈に合わねぇことになってきやがったな」

「そうですね」

埋められた死体が、合計三体。

サンディが見つけた一体だけが、別の場所で埋まっている。

「しかも、なんでここより浅く適当に埋まっていたのか？」

こちらはしっかりとした墓なのに、サンディが見つけたものは違う。浅さも向こうが浅いし、ちゃんとした穴ではない。

「考えられるのは、埋めた人間が別だってことだわな」

「そういうことになりますね」

時期までもが別なのかどうかはまったくわからない。私はメジャーを取り出して穴の中の骸骨の身長を測ってみた。

「おおよそ一八〇センチ」

もう一体はおおよそ一七〇センチ。

「あっちに埋めてあったのは測りようもないですね」

「おう」

断言はできないが、骨盤の様子からしておそらく向こうは男性。ここの二体のうち身長が高いのは男性で、低いのは女性だ。

「身長からしても、外国人である可能性は高いですね。善二郎さんたちの世代でこれぐらい身長の高い日本人がいないわけではありませんが、そうそういるもんじゃないです」

そうなのかもしれない。

サンディが発見した骨は、何者か。

私と先生はそちらの方へ移動した。浅い穴に埋められた白骨。

「そう」

「何です？」

むろん、最初から気づいてはいたのだが。

「骨の数が足りないんだよな、明らかによ」

こちらの方は、全身の骨格がない。なんとなく人の形に埋められてはいるが、全身の骨格にははるかに足りない。

「ということは、死体をそのまま埋めたのではない」

「そうなるかな」

死体ではない。

骨になってしまった遺体を埋めた可能性がある。

「ってことはよ、こいつはここでおっ死んだわけじゃねぇかもしれないんだよな」

「どこかで死んで、骨になって、それをここに運んできて埋めた」

「それだ」

そのときだ。その考えが私の頭の中に閃《ひらめ》いた。いや、導かれたと言えばいいか。その結論に辿り着くのが妥当なのだ。

「先生よ」

「はい」

「この町の人間が、オンハマにわざわざ入ってきて骨を埋めると思うかい？」

「思いませんね。そんな罰当たりなことをする人がいるはずがない。するとしたら、外から来た人間でしょう」

その可能性は捨て切れない。しかし、わざわざ骨をここまで持ってきて埋める目的はなんだ？　ここは知らない人間が気軽に入ってこられるような場所ではないのだ。しかも骨を抱えてという危険を冒して。

「そんなことする奴がいるかね？　この骨を抱えて、ここまで運んできて埋めるなんてよ。外からこの町に来たんだったら、それこそ山の中にでも持ってってそこらに放ってておきゃいいじゃねぇか。簡単だ」

「確かに、そうですね」

「だとしたらよ。この骨はオンハマに持ち込まれたんじゃないのさ。オンハマにあったのさ」

「ここにですか」

私は、五歩海に向かって歩き出した。先生は慌てたように私についてきた。そうして、私が見つめる先を先生も見た。

「まさか」

そう、そのまさかだ。

「たとえば砂浜に埋まっていたものをここに埋め直したって可能性もあるけどよ。わざわざこっちまで持ってきて埋め直す意味がわからねぇ」

オンジョイワ。

オングチさんが住む岩。

「あくまでも想像に過ぎねぇよ。あの岩、上の方から見りゃあ割れ目とかけっこうあるだろ。あの岩の中に空洞とかあってよ。どっかから入れるって可能性はないのかい」

先生が首を捻った。

「誰かが、決して近付いちゃいけねぇオンジョイワに近づき、そこにあった白骨化死体を発見した。それをここまで運んできて、弔うために埋めたって仮説はどうだい」

「なるほど」

それなら、全身骨格がない説明もつく。

「穴があるんだったら、波に洗われていくつかの骨は流されちまったのかもしれねぇ。残っていた骨だけをここに運んできて供養のために埋めた」

「しかし」

先生が言う。

「仮にそうだとして、人の骨を発見したのなら、どうしてそれを黙っているのか。自分が殺したとかそれなら別でしょうけど、見つけたのなら」

先生はそこで、あ、と、言葉を切った。

「言えなかったのか」

「そうよ」

言えなかったから、埋めたのだ。

「オンジョイワに近づいちゃいけねぇ、オンハマには入っちゃいけねぇ。オングチさんの祟りがある。そういうことを心底信じている連中が、この町にはたくさんいるよな」

「ザンティピーさん！」

私の腕を先生は摑んだ。気づいたか。

この一体の骨を埋めた穴はかなり浅かったのだ。頭蓋骨がようやく隠れるぐらいだ。

この町の誰かが、この骨を埋めたのだ。

「大人なら、もっと深く掘ってしかも丁寧に埋める。あんなふうに浅いのは、浅く掘ったんじゃねぇ。浅くしか掘れなかったんだ。非力だったんじゃねぇか、骨を見つけて穴を掘った人間は」

「子供」

先生が呟いた。

そうだ。

子供だ。

しかも。

私はあの子の顔を思い浮かべていた。

「誰かが、何かを隠している」

人は誰でも秘密を抱えている。大げさにしろ、些細なものにしろ、誰にも言いたくないもののひとつや二つを抱えている。

「電話さ」

「え？」

「どうして、〈おいらがオンハマに倒れている〉と、先生に電話したのかってことさね。それを考えていきゃあ、浮かんでくる」

アツタ先生は目を瞠《みは》った。

「もし、この町の誰かがおいらを助けさせようとして、電話をするならそいつはサンディにじゃねぇのかい。実の妹のサンディに電話をするのが普通じゃないか。ところがそいつはそうしなかった。何故だか先生に電話をしたんだ。なんでだい。どうして先生なんだい。そもそもおいらと先生が仲良しだってのを知ってる人間は」

先生が、その名を口にした。

「そう」

ジュンとマコだ。

「あの二人は、先生がオンハマについていろいろ調べているのも知ってる。そうして、この町で唯一、おいらと繋がる〈他所者〉さ。おいらがオンハマに入ったのを皆に知られるとマズイかもしれないとおいらのことを心配して、同じ他所者であり、仲良さそうにしているのを知ってる先生に電話をしたのさ。そうすりゃあ町の皆に知られずに済むんじゃないかってな」

「そう、ですね」

納得できる。それが唯一の答えだ。そして。

「たぶん、ジュンだろうな。マコは関係ない」

「どうしてです？」

ジュンは、初めて会ったときから私に興味を持っていた。私というより、探偵という職業にだ。

「殺人事件はどうやって調べるのか、なんて訊いてきたからな」

「じゃあ」

そうだ。この骨を、一体だけ別のところに浅く埋まっていたこの骨。

「埋めたのは、ジュンだろう。そしてジュンはそれを誰にも言えずに隠していた。さらには自分一人で調べようとしていたんじゃないのかね。この骨はいったい誰なのかって」

「そんなことを」

むろん、ジュンが殺人を犯したなどということではない。そんなことをするはずがない。

「あいつは誰にも言えずにずっと抱え込んでいたんだろうよ」

「どうして言ってくれなかったんでしょうね。マコだって産まれたときからずっと一緒なのに」

それは、理解できる。

「そいつが、男の子ってもんじゃねぇのかい先生」

どんなに苦しくたって、一人で頑張ってみる。女の子に相談なんかできない。

「カッコつけて、やせ我慢をするもんさ。あの年頃の男の子はよ」

8

掘った穴には持参したビニールシートを掛けておいた。どうせあそこには誰も立ち入らないのだ。誰かに見つかることはない。

私を殴った人間が見つけたとしても、同じことだ。私にバレたと思い何らかの行動に出てくるだろう。その方が話が早くて助かる。

二人でこっそりと先生の家に戻った。

汗と土と砂に汚れた身体をお風呂に入って洗い、湯上がりの冷たい麦茶を飲んで、居間で一息ついていた。まだ時間は十時だ。飲んで帰ることにしてあるのだから真夜中でも構わない。このままここに泊まっても誰もおかしくは思わない。

「ジュンに確認しなきゃなりませんね」

「そうだな」

確かめることは簡単だ。明日の朝にでも聞き出せばいい。おそらくは素直に答えてくれるだろう。オングチさんの呪いなどないと教えてあげられる。

だが、問題は依然として解決していない。

「あの骨が、いったい誰なのか、ですね」

そうなのだ。

ジュンが見つけた骨。

きっと、何かがあの墓に埋められていた二体と繋がっている。オンハマにあった合計三体の白骨がまるで無関係などということは考え難い。

どこが、どう繋がるのか。

「善二郎さんにつきつけて、答えを引き出すしか」

「いやそりゃあ」

それは、最後の手段だ。

「先生よ」

「はい」

「おいらはね、これは仕事じゃないんだ」

そう。私立探偵としての仕事ではない。仕事ならば秘密を暴いて依頼人に調査報告を出し報酬を貰う。

しかし、今回の目的はそこではない。

私の目的は、サンディの幸せを祈ることだ。

「極端に言うぜ。別においらはゼンジローさんがあの二人、いや三人をぶっ殺して金目のものを奪って今の地位を築いたとしてもよ、そんな告発を世間様にする気はこれっぽっちもねぇよ。実際何十年も前のことだ。日本の法律でだってとっくの昔に時効が成り立っているんじゃないかい」

「そう思います」

「先生だってそう思うだろう？　そんな大昔の事件でゼンジローさんを罪人にして、カサジマ家をめちゃくちゃにしたいのかい？」

「そんな」

先生は慌てたように言った。

「そんなこと僕だってしたくありませんよ」

「ミッキーと幸せになりたいんだろう？」

ぐっ、と喉の奥で音がなった。先生は唇を曲げたが、素直に頷いた。

「その通りです」

「だったら」

私と先生の目的は一致している。

「このままよ。おいらたちが黙っていればあの骨はそのまんま眠るのさ。それでカサジマ家は安泰のままだ」

「いやしかしそれじゃ」

ジュンが、と先生は言った。その通りだ先生。

「ジュンがあの、一体だけ別になった骨を見つけたのは間違いないだろうさ。このまま放っておいちゃあ、可哀相だ。そうして骨を見つけちまったサンディもずっとそいつが心に引っ掛かっちまったまんま嫁として過ごすことになる。そんなことはできねえ。だから、おいらと先生は」

なんとしても、平和的な解決を目指さなくてはならない。そう言うと先生も深く頷いた。

「その通りですね」

事を荒立てたくはない。しかし、真実を知るための近道はゼンジローさんに確かめるのがいちばんだ。

どうすればいいか。どういうふうに事を運べば、ゼンジローさんの怒りを買わずにこの一件に片をつけられるのか。

二人でしばらく沈黙してしまった。

テーブルに置かれた蚊取り線香が白い煙を上げている。窓からは夏の夜の風が入り込み、虫の音が聞こえてくる。

先生は、テーブルに広げたノートをぱらぱらとめくっていた。私に日本語が読めれば、先生の聞き取り調査の全てが読めたのだろうが。

二体を埋めたのはゼンジローさんなのだろう。漂流してきた遺体をあそこに埋めたのだ。誰にも言わずに済ませたのは、彼らが身に付けていた金品を奪ったからだ。それで土地を買い取って、埋めた遺体のことを知られないようにオンハマを立ち入り禁止の場所に仕立て上げていった。

しかし、証拠は何もない。

ゼンジローさんにこの仮説の全てを突きつけても、知らぬ存ぜぬで押し切られたら私たちには為す術《すべ》がない。

それでは、遺恨を残してしまうのだ。

サンディがこのままカサジマ家で幸せになるためには、その遺恨を残さぬように真実を確かめなければならない。

鍵となるのは、やはり、あの一体の白骨。

子供のジュンが、浅く穴を掘り埋めた骨。

「浅いのか」

「え？」

両方の穴とも、浅い。何かが、頭の中をかすめた。事件を調査しているときにはよくあることだ。しかしそれが何かはわからない。

「どうかしましたか？」

「いや」

先生は首を傾げる。

「ザンティピーさんを殴ったのは、誰なんでしょうね」

「ゼンジローさんか、もしくはあの二体の骨があそこに眠っているのを知っている人間だよな」

私を殴りながら、そのまま放っておいた人間。おそらくはあの一体の骨に驚いて、逃げ出した人間。

「考えたくはねぇけどよ」

カサジマ家の家族の誰かという可能性も高い。確証はないが、カンダさんも仲間なのかもしれない。なんといっても幼馴染みなのだ。親よりも一緒に過ごす時間は長かったはず。そういう仲間に秘密を隠し通すのはなかなかに難しい。

「考えたくないですね」

「まったくだ」

あの気の良い義弟、リュウイチくんがそんなことをするとは思えない。しかし、ゼンジローさんの孫ではある。

もっと可能性が高いのはゼンジローさんの息子であるヨシイチさんだ。長年あの〈ゆーらっくの湯〉を守ってきたのだ。父親から、どのようにしてここを手に入れたのかを聞かされていたとしてもなんの不思議もない。

家族ぐるみなどとは思いたくもないが。

また、何かが頭の片隅をかすめた。

家族。

「先生」

「はい」

いや、ちょっと待て。間違いないか？　私の日本に関する知識は全て映画で得たものだが。

家族。

名前。

「先生の名前は、アツタヨシオだったね」

「そうですが」

名前。日本人の名前。

ゼンジローさん。

「おいらの知識の中にはよ。イチローって名前の男はたいていは長男ってのがあるんだが、間違いないかい」

「そうですね」

先生は頷いた。

「もちろん例外はあるでしょうけど、一郎という名前なのに次男三男というのはあまり聞きませんね」

「だったらよ、先生。ゼンジローさんはどうなんだい。ジローって言葉が入っているが、そいつは次男って意味じゃないのかい」

先生は、あ、と口を開けた。

「そういえばそうですね。善二郎ですから、普通は次男の名前かもしれません。あまり長男につける名前ではありませんね」

「ゼンジローさんに兄貴がいるのかい」

「いえ、いません。確かめてはいませんが、実希子から伯父さんがいる、もしくはいたという話は聞いてません」

「ゼンジローさんの息子さんは、ヨシイチさん。その息子はリュウイチくん。二人とも長男だからイチがついているんじゃないのかい」

そうですね、と先生は頷く。

「今まで気にしたことはなかったですけど、そうなんでしょうね」

もちろん長男にはイチをつけなきゃならないという決まりはないのだろう。しかし少なくともカサジマ家の長男には皆イチがついている。

「だったら、ゼンジローさんは、ゼンイチローじゃなきゃおかしくないかい？」

ゼンイチロー。

その言葉を繰り返す。

そうだ。

あのとき、殴られたとき、誰かが何かを言っていた。

何かが聞こえてきた。

きっとあれは私を殴った男が思わず言ってしまった言葉なのだ。

その言葉が、今はっきりと甦ってきた。

その声も。

☆

カンダさんの自動車修理工場は〈ゆーらっくの湯〉の向かい側だ。田舎ならではかもしれないが、町工場とは思えないぐらいの広い敷地を持っている。

もちろん、田舎町の工場だから儲かっているわけではない。しかし、自家用車はもちろん、沢の方で農業をする人たちの農機具の修理や中古車販売も行っている。この町の唯一の整備工場なので、町に住む人たちのほぼ全員が顧客ということになる。

いつもよりも少し早めに朝ご飯を済ませた私は、〈ゆーらっくの湯〉を出て、国道の歩道に立った。真正面のカンダさんの工場を眺めた。

ガードレールに座り、煙草に火を点けた。

今までになく風が強い日で、正面から吹きつけるそれは私の髪の毛を後ろに吹き流した。サンディにも言われたが、少し伸ばし過ぎかもしれない。

これが終わって、マンハッタンに帰ったのならバーディの店に行って切ってこよう。あそこにも随分とご無沙汰だ。

カンダさんの姿が見えた。

いつものように手ぶらで、ひょいひょいと歩きながらこっちにやってくる。身長はそれほど高くはないが、自動車や大きな機械の修理は体力がなくてはできないだろう。身体も丈夫でなければ務まらない。

その証拠に、温泉で見るカンダさんの肉体はとても七十過ぎた老人のものとは思えないほどしっかりしている。

カンダさんは、私に気づいた。

一瞬、笑顔が見えた。手を上げようとした。しかしその手が途中で止まった。止まって、静かに下りていった。

私の顔を見ている。

そのままゆっくりと歩いて、信号のない国道を渡る。車などほとんど通らない。私は煙草をガードレールに押し付けて、火を消した。

「おはようさん」

「おはようございます」

あえて、丁寧に言い、頭を軽く下げた。

「どうしたい、こんなところで」

「カンダさんを待っていたんですよ」

「俺を？」

その眼を、見据える。

「理由は、お分かりでしょう？」

カンダさんは口をへの字に曲げた。何秒か間があり、にこりと笑った。

「いや、なんだい。急に改まっちまって何かあったのかい」

言うつもりはないということか。それならば。

「ちょいと歩かないかいカンダさん」

返事を待たずに私は歩き出した。

オンハマに向かって。

風の強い日にここに来るのは初めてだが、林を風が吹き抜けていき、葉の音が激しく響き渡る。鳥居につけられたぼろぼろの注連縄《しめなわ》が風に煽られ揺れている。

私は手を合わせ、二度打ち、林の中に入っていった。カンダさんは一言も発しないで私の後ろから歩いてきていた。

何も話さないつもりなのかもしれないが、こうして文句も言わずについてきたことが全てを示している。

思っていた通り、カンダさんは善人なのだ。決して悪人ではない。

「カンダさん」

オンハマを見下ろし、呼んだ。

「おう」

「実は、この首だけどよ。誰かに殴られちまったんだよな」

振り返って、カンダさんを見た。

「殴られたって？」

驚いた顔をした。だがそれは演技だろう。

「一昨日の夜、おいらはね、そこに下りたんだ。オンハマにね。どうもそいつが気に入らなかったらしくて、誰かに後ろからゴーン！　とね」

カンダさんは私を見ている。

「いやぁまいったね。一発でKOされちまった。きっと殴った奴はなんかの心得がある奴じゃないかなって思ってるんだけどね」

「だから」

小さく息を吐き、カンダさんは言う。

「言ったじゃねぇか。御口さんの呪いがあるぞって。そりゃあ御口さんにやられたんだよ」

「しかしよカンダさん」

「なんだい」

「オングチさんてぇ化け物はよ。人間を殴るのかい？　化け物だからよ、気づかない内に事を全部終わらせるんじゃないのかい。あんたも言ってたよな。気がついたらオンハマに埋められていたってよ」

カンダさんが、顰め面をした。

それに、オングチさんは、私を埋めなかった。

「砂浜に放っておかれちまってさ。どうにもオングチさんにしちゃあ中途半端なことをしてくれてね。しかもね」

「しかも？」

「オングチさん、帰り際にね、なんか言ってたんだよ。きっとおいらが気絶してると思って安心してたんだろうけどさ。うすらぼんやりと意識があったんだよね」

カンダさんの顰め面が、また深くなった。

「カンダさん」

「おう」

「ゼンジローさんには、お兄さんがいたんじゃねぇのかい。ゼンイチローさんっていう」

目を瞠った。一瞬だったが、間違いなくカンダさんは驚いた。

「おいらはアメリカ人だけどさ。ゼンジローって名前が長男につけられることぁあんまりねえんじゃないかって思ったのさ。カンダさんはゼンジローさんと幼馴染みだよな？　まさか兄貴がいたことを知らないって言わねぇよな？」

カンダさんが、ゆっくり眼を閉じ、開けた。しかし何も言わない。

「別に内緒のことじゃねぇよな？　カンダさんに訊かなくたって、ハシモトさんやコウダさんに訊けばいいんだけどな。いくらなんでも覚えているだろうよ」

そこで言葉を切って、間を取り、続ける。

「いや」

私はカンダさんをじっと見つめて言う。

「トキさんに訊くのがいちばんいいってもんか。なんたって義理の兄貴のことなんだから、いくら惚けていても判るよな」

「やめろ」

低く、カンダさんは言う。

「トキさんに、その名前は聞かせるな」

やはりか。

やはり、トキさんか。

それだけ判ればいい。私の推測が裏付けられた。

「カンダさん。おいらを殴ったオングチさん、いや、その男はね、〈ゼンイチロー〉って名前を呟いたんだよ」

肩が落ちた。首を二度三度と振った。カンダさんはじろりと私を見据えた。

「だから、どうしたってんだ？　確かに善二郎には兄貴がいたよ。行方不明になっちまった兄貴がな」

「行方不明」

「あぁ、もう六十年も七十年も前にな」

「正確には何年前なんだい」

カンダさんはまた顰め面をする。

「六十と」

そこでカンダさんは少し下を向いて考えた。

「六年前か。六十六年前。俺が十三歳のときさ」

六十六年前。

では、ゼンジローさんは十五歳。

そしてトキさんは十九歳だ。

「行方不明になったとき、ゼンイチローさんは何歳だったんだい」

「ちょうど、二十歳だな」

二十歳。

「カンダさん。これからおいらは重要な話をするぜ。嫌でも聞いてもらうぜ」

「いや」

カンダさんははっきりと言った。

「もういいぜ。世迷い言は充分だ。聞きたくねえな」

「もし、どうしても聞くのが嫌だってんなら」

私は腕を広げた。

「おいらを突き飛ばして帰ってくれよ」

「なに？」

「その力でおいらを今突き飛ばせば、このまんま真っ逆さまにオンハマに落ちて行くぜ。運が悪けりゃそのまま死ぬ。良くたって大怪我で動けなくなる。そのまま放っておきゃあそのうちに骨になる。オンハマには誰も入ってこないんだ。おいらが知ったことはそのまんま闇の中さ」

「んなこと」

カンダさんの顔が赤くなった。

「誰がそんなことできるかってんだ。馬鹿なこと言ってるんじゃないよ」

冗談じゃねえ、と怒鳴った。

「悪いがつきあいきれねぇな。帰るぜ」

くるりと背を向けた。しかし、ここで帰ってもらっては困る。

「カンダさん！」

「なんだよ。何を言おうと帰るぜ」

振り返り、私を見た。

「そのまま帰るなら、おいらはここから飛び降りるぜ」

「な」

カンダさんは、こちらに向きなおった。

「冗談でも、脅しでもねぇよ。おいらにはそれぐらいの覚悟があるってことさ。どうせおいらには妻もいねぇし子供もいない。ニューヨークではおいらがいなくなっても誰も悲しまねえ」

私は、カンダさんの方を向いたまま、ゆっくりと後ずさった。実は私は臆病者だ。既にじっとりと背中の汗を感じていた。

あと何歩下がったら、崖の端に着くのだろう。端は草に隠れて見えなかったはずだ。

「やめろ、危ないぞ」

カンダさんが強く言う。しかし、ここで引くわけにはいかない。私は、もう一歩下がった。

その途端、足下がずるっと下がった。身体がぐいと後ろに引っ張られるようだった。

「危ねえ！」

カンダさんの叫び声が聞こえると同時に、伸ばした腕をカンダさんが摑んだ。かろうじて、私の足はそこで踏みとどまった。いったいカンダさんはどれぐらいの距離を一歩で飛んできたのか。

二人でゆっくりと三歩戻った。

そして二人で同時に大きく息を吐いた。

「馬鹿野郎！」

カンダさんが腹の底から怒鳴る。

「命を粗末にするんじゃねぇよ！　あんたが死んじまったらサンディちゃんが悲しむだろうが！」

たった一人の兄貴なんだろうが、とカンダさんは続けた。

「そう」

私は、額の汗を拭い、大きく頷いた。

「サンディはたった一人の妹よ。愛してるぜ。おいらはねカンダさん、そりゃあ情けない兄貴なんだ。親の期待にも応えられない、大した稼ぎもない、警察を首になって私立探偵をやってどこぞの馬鹿者たちの浮気調査をやって金を稼いでいる小者よ。でもねカンダさん。おいらはね、サンディが、妹が幸せになるために、おいらにできることがあるんなら、悪魔にだって魂を売る覚悟があるってもんよ」

だから、この話をする。カンダさんに。

「あの骨を見つけたのは、サンディなんだ」

明らかに、動揺した。

「散歩中にタロウの綱を放しちまってな。タロウがオンハマに駆け込んでいったんで仕方なく探しに入って見つけちまったんだ。穴を掘ったのはタロウよ。決してサンディが興味本位でやったこっちゃない」

だから、サンディは私を呼んだ。

「オンハマに入って骨を見つけたとは言えない。そんなことがわかったら、ゼンジローさんにこっぴどく叱られる。下手したら離婚とかいう話になるかもしれねぇ。悩んだ末にサンディがおいらを頼ってくれたんだ」

嬉しかった。

最愛の妹がこのどうしようもない兄を頼ってくれたことが。

「だからおいらはよ。おいらが骨を見つけたことにしようって思っていたのさ。それなら、サンディが怒られることもない。馬鹿な兄貴がすみませんって謝って済む。そんな計画を立てていたのさ」

それが。

「殴られちまった。殴られたら、その理由を探さなきゃならねぇ。おいらは探偵なんだよ。探偵は調べることを考えることを止めちまったら死んじまうんだ。探したら、他の骨も見つけちまったのさ」

そう、見つけてしまった。

「オンハマに眠っていた二体の人骨をな」

カンダさんは、じっと私の話を聞いていた。身じろぎ一つしなかった。この世代の男性は姿勢がいいと私は思う。

「その二人はよ、静かに眠っていたぜ。打ち捨てられたんじゃねぇ。丁寧に、きちんと葬られていたんだ。悪党のやったこっちゃないとおいらは感じたね。ここしばらくは掃除されてなかったのかもしれないが、花が咲いていた」

そう、花が咲いていたのだ。

「きっとよ、毎年やってきては掃除をして花を添えていたんだろうよ。その花からこぼれた種が育って花を咲かせたんだ。毎年来ているんならきちんとどうにかしたんだろうけどよ。毎年来ていた人はしばらく来てなかったんだろう。いや、来られなかったんだろうさ」

理由があったのだろう。来られなかった理由が。

「偏見かもしれないけどよ。海の男が毎年花持って、密かに弔ったところを訪れるってのはあんまり絵にはならねぇよな。そういうことをするのは女性じゃないかって思ったよ。そう考えるとよ、埋められていた穴が浅いのも納得いったのさ」

埋めたのは、男性ではない。

あの墓を作って毎年のように訪れていたのは女性ではないか。私はそう確信していた。

溜息が、聞こえた。

大きく息を吐いて、カンダさんは私を見た。

「ザンテさんよ」

「おう」

「サンディちゃん、あんたが来てくれるってそりゃあもう喜んでいたぜ。隆一はいい男だ。サンディちゃんを心から愛している。でもよ、やっぱりここはアメリカさんから遠く離れた田舎町だ。一人でやってきて、淋しいって思うところもあったんだろうさ。あんたが来たら、この町を案内してあげるってな」

カンダさんは、ほんの少し微笑んだ。

「本当に嬉しそうだったぜ」

「そうかい」

私も、嬉しい。サンディは幼い頃のままだ。私を慕ってくれた、可愛い妹のまま。

「サンディちゃんの幸せを願う気持ちは、むろんあんたには負けるが、俺も同じだ。あんないい娘さんを、みすみす不幸にはしたくねぇな」

頭をごしごしと擦った。そのまま両手のひらで顔も擦った。その手を、パン！　と打った。

「だがよ。俺も男だ。死ぬまで誰にも言わねぇと誓ったことをひん曲げるわけにもいかない。だから」

俺は何も言わない。

カンダさんはきっぱりと私に言った。

「でもな、サンディちゃんの幸せのために、俺にできることがあるんなら言ってくれ。俺はあんたと違って、考えることは苦手なんでな」

私は、大きく息を吐いた。

「ありがてえ」

それだけで、充分だカンダさん。

その足で、ジュンを探した。

まずはジュンの家に行ってみたが鍵が掛かっていて留守だった。隣のマコの家も同様だ。

また二人で山か海へ行っているのだろうと浜をぶらぶら歩いていると、向こうから私を見つけてくれた。

ジュンが私の方へ走ってきた。

「ザンティピーさん！」

「おう」

その笑顔に、何の曇りもない。

「マコはどうしたい」

「今、来る」

見ると海からマコが上がってくるところだった。おそらくマコは関係ないだろう。

スマートに確認だけしておこう。

「ジュン」

「はい」

「ありがとな。電話してくれて」

眼を丸くして驚いた顔をした。子供は素直でいい。それで確認が取れた。

「安心していいぞ。もう隠さなくてもいい。この探偵ザンティピーさまに任せておけ。全部解決してやる」

ジュンは驚いた顔のまま、こくんと頷き、そして笑った。どうして私が殴られたのを見つけたのかなどの疑問は後で確かめればいい。

「こんにちは！」

マコが濡れた髪を振って、元気な声を出す。わざとジュンに髪についた水を振りかけて、二人で騒いで笑う。

いい顔だ。

やはり子供は笑顔がいちばんいい。

「何も心配ねえって」

舟に揺られながら私がそう言うと、ジュンはにっこりと微笑んだ。

長いこと抱えていた秘密を、ようやく他人に言うことができてホッとしたのだろう。

今までのジュンより、心なしか元気に思える。

口が固くて何も心配いらないとカンダさんが保証した漁師さんの舟の上。

私とジュンとアツタ先生、そしてカンダさんとゼンジローさん。五人の世代の違う男たちが海の風に吹かれていた。

目指すは、オンジョイワ。

☆

9

人の骨を見つけてしまった。

私はジュンを連れて、ゼンジローさんにそう言った。見つけたのは、ジュンだ。ジュンがオンジョイワの割れ目、ぽっかりと空いた空間に人骨を見つけてしまった。

「馬鹿な」

ゼンジローさんは驚き、そう言った。

「あの岩にどうやって登ったのだ。登れるはずがない」

近づいてはいけないと言われながらも、過去何十年かの間には、屈強な海の男達が何人と挑戦したことがある。しかし誰も果たしたことがなかった。それなのに、小学校五年生のしかも身長の小さなジュンがどうやって、と眼を剝いた。

「そいつがねぇゼンジローさん、まったく盲点ってやつで」

「盲点？」

「ジュンはね、登ったんじゃないんですよ。潜ったんです」

「潜った？」

穴があったのだ。オンジョイワの海面下に。

「そこはね、大人じゃ入れないほどの小さな穴なんですよ。小さな子供でしかも泳ぎが相当に達者じゃないと入れない穴。そこからジュンはね、オンジョイワの割れ目に入っていけたってわけで」

「何故、そんな危ない真似を」

ジュンに向かってゼンジローさんは言った。ジュンは、怖そうにしていたがはっきりと言った。

「化石を探したくて」

「化石？」

「そういうことで」

ジュンは、こっそりとオンジョイワまで泳いでいった。何故なら、このオンハマを取り囲む崖の部分にも化石はあったからだ。

「ひょっとしたら、昔から誰も行ったことのないというオンジョイワにはすごい化石があるんじゃないかってね。そしたら案の定、化石があちこちに見える。しかし登れないから取ることもできない」

「それで、潜ったのか」

「はい」

ジュンが頷いた。

「何回か潜ったら、穴を見つけて」

そこから光が見えた。光が見えるということは上に向かって穴が空いているということだ。行ってみると、オンジョイワの中の空洞に出た。

そしてそこに。

「骨が、あったんですよ」

人骨が、空洞の壁面に凭《もた》れかかるようにして。

☆

そこから先の話はゼンジローさんにはしていない。私とアツタ先生がジュンから相談を受け、そして私はカンダさんに話してみたというストーリーだ。

カンダさんには思い当たることがあった。ゼンジローさんに相談してみた。そして私とジュンが事情を話しに行った。

そうして私たちはこうしてオンジョイワに向かっている。むろん、私たち以外に知る人はいない。

むろんジュンが埋めた骨は、事前に戻しておいた。

それはジュンにしかできない作業で、危険なことを子供にまたやらせるのは気が引けたが、むろん酸素ボンベや諸々きちんと準備をした上でだ。何もかもカンダさんが手配をしてくれた。

そして今回も、私たちがオンジョイワのその中へ行くのは上から降りるしかない。やはりジュンにやってもらうしかなかった。

ジュンがロープを持って潜ってオンジョイワの中へ入って行く。空洞から上へは簡単に登っていけるそうだ。そこからロープを、岩を跨《また》ぐ形で垂らしてもらう。片方を舟の上の重りに繋げ、反対側から登って行く。

ロープ登りはゼンジローさんやカンダさんの老人はもちろん、私たちにもかなりきつい。これもカンダさんに頼んで力がなくても登っていけるアタッチメントのようなものを用意してもらった。ロープを挟むようなもので、ゆっくりゆっくりだが尺取り虫のように進んでいけるものだ。

むろん、いちばん若いアツタ先生に先に登ってもらい、上から引き上げる手伝いをしてもらう。

そうやって私たちは、過去において誰も登ったことのないオンジョイワの上に立っていた。

壮観だった。

まるでガリバー旅行記の空飛ぶ島ラピュータのようだ。

海の上にぽっかりと浮かんでいる大地。

ひととき、目的を忘れて私たちははるか彼方の水平線を眺めてしまっていた。

「ザンティピーさん」

「おう」

ジュンに呼ばれて、皆が動き出した。そう、ここからは割れ目から空洞に降りていく。ロープを垂らし、一人ずつ慎重に割れ目に入っていく。上から若い先生と私がしっかりとロープを支えた。

カンダさん、ゼンジローさんが降り、アツタ先生にジュン、そうして私が最後に降りていった。それだけの人数が降りても、まだ余裕がある広い空間だ。

皆が見上げていた。

白骨を、おそらくはゼンジローさんの兄のゼンイチローさんである骨を見ているのではない。

空洞の壁面に存在したオングチさんの異形を、驚きと畏敬を込めて、見上げていたのだ。

「すごい」

アツタ先生が何度も口にした。おそらくは大発見ではないのか。私の乏しい知識の中でもこれだけ立派なものはそうそう発見できるものではない。

「ジュンよ」

「はい」

「こいつを見つけたときには、そりゃあ興奮しただろう」

「もう、びっくりして、声が出なかったです」

気持ちはわかる。

「先生、こりゃあなんていう種類なんだい」

訊いてみた。アツタ先生は首を横に振った。興奮さめやらぬといった感じだ。

「もちろん、きちんと専門家が調べないとわかりませんけど、おそらくはティラノサウルスです」

ティラノサウルス。素人の私も恐竜と言えば思い浮かぶ有名なものだ。

「これが、御口さんだったんだな」

カンダさんが言う。そうなのだろう。

壁面に埋まった化石は、頭の部分が横を向いている。つまり、大きな一つ目に、何もかも飲み込みかみ砕くような牙と大きな口。

オングチさんの伝承そのままの姿だ。

「大昔の人も、誰かがここに入ったんだろうよ。そうしてこいつを見つけて、恐れおののいて、誰も近づいちゃあいけないって話したんだろうさ」

そうして、それが伝説になった。

オンジョイワの、オングチさんだ。

「恐竜か」

ゼンジローさんが呟き、そうして、一歩前に出てしゃがみ込み、壁面の凭れるようになっている白骨を見つめた。

「兄貴、なんだろうな」

そんな気がする。

ゼンジローさんはそう続けた。しかしその言葉に誰も何も返せない。それは私たちには判断のつかないことだ。

「欲をかいて、御口さんに、恐竜に喰われたか」

そう言って手を合わせたゼンジローさんに続いて、全員で手を合わせ、眼を閉じて冥福を祈った。

波の音だけが空間の中に響く。

「善一郎さんは、どうやってここに入ったのでしょうね」

先生がぽつりと口にした。

「今となっちゃあ謎でしかないが、その頃はこの穴ももう少し広かったのかもな」

岩が崩れ落ち、穴を塞ぐようにして小さくなったのかもしれない。ひょっとしたら、無理して入ろうとしてどこかを怪我して動けなくなったのかもしれない。そう言うと、ゼンジローさんが頷いた。

「バチが当たったのだろう」

出られなくなったということは、怪我でもしたのだろう。だとしたら可能性は落盤か、上に昇ろうとして落ちたぐらいしかない。

ゼンジローさんはそう呟いた。

「善ちゃん」

カンダさんが近づき、ゼンジローさんの肩をそっと叩いた。

「弔ってやろうぜ」

善一郎さんを、と続けた。

「それが、生き残ってるもんの務めさ」

ゼンジローさんは頷き、ゆっくり立ち上がった。

「そうだな」

そうしよう。

小さく呟いた。

六十六年ぶりに再会した兄の変わり果てた姿。どういう気持ちになるのかは私にはわからない。

だが、兄を、妹を思う気持ちは、理解できる。

たとえどんな状況になろうとも、血の繋がりを断ち切ることはできないのだ。

☆

〈ゆーらっくの湯〉から車で三十分も走っただろうか。緑濃い山の中の墓地に、カサジマ家のお墓があった。

この辺りの風習であるお盆のお墓参りにはまだ少し早い。それにどうせ家族全員で墓参りなど、商売をしているのでしたことがない。孫や子供たちは後日順番に参らせるので、ゼンジローさんは私にも墓に手を合わせてくれと言ってきた。

ゼンジローさんとカンダさん。アツタ先生も一緒にここまでやってきた。

海沿いで聞いていた倍以上の音量で蟬の声が降ってくる。陽差しは、山の緑が少しは跳ね返すのだろうか、海沿いよりも幾分柔らかなような気がする。

ゼンイチローさんのお骨を墓に納め、住職の読経が響き、私たちはお墓に手を合わせた。

心安らかに眠れと祈る。日本人もアメリカ人もその気持ちに変わりはない。同じ人間だ。

憑《つ》き物が落ちたような気がする。

ゼンジローさんはそう言っていた。何もかも話すと、約束してくれたのだ。

「兄は、善一郎は、トキと結婚の約束をしとった」

山を下りた麓《ふもと》にある大きな寺の、一室に私たちは来ていた。外の暑さに比べてお寺の中は何故かひんやりと涼しい。これは教会と同じだ。生憎私は教会にもあまり足を運ばない不心得者なのだが。

広い畳の部屋に、細長いテーブルが二つ合わせてあった。誰かが用意してくれていた、麦茶と茶碗が置いてあり、私たちはそれを飲んでいた。

「許嫁《いいなずけ》だな。儂《わし》も子供心に嬉しかったもんさ。優しいトキ姉ちゃんが我が家に嫁に来るんだとな」

トキさんは町でも評判の器量良しだったそうだ。今のトキさんを見ても素直にそう思える。

「ところがある日、突然兄が失踪した。行方不明になった」

ちょうど今のような、夏のある日だったそうだ。

「一人で漁に出て遭難したかと思ったが、舟はあった。ではどこに行ったのかと大騒ぎして皆で探したが見当がつかなかった。行方はまったくわからんかった」

カンダさんが頷く。一緒になって探したのだろう。

「兄は、多少はやかましいところがあったが、トキを置いてどこかに行ってしまうような男ではなかった。神隠しにあったのかと噂が流れてな」

残された者たちは、待つしかなかった。ゼンイチローさんがひょっこりと帰ってくるのを。

「だが、行方不明になって、三ヶ月ほど経った頃だ。トキが、真っ青な顔をして海岸をふらふらしているのを儂は見つけた。何があったのかと訊くと、トキは泣き出した。そして、自分が善一郎さんを殺してしまったのだと言うんだ」

顔が歪む。

「儂は、落ち着くのを待って一人でトキの話を聞いた。ザンティピーさん、あんたが想像した通りだ。御浜に漂着した外国人の遺体を、埋めたのはトキだ」

アツタ先生が煙草を取って火を点けた。それにつられたのか、ゼンジローさんも煙草に火を点け、紫煙を流した。

「なんでそんなことをしたんか。そん頃からオンジョ岩に近づくと御口さんに喰われるっちゅう伝承はあった。それに加えてな、若い生娘が御浜に立ち入ってると子供を為さんようになるっちゅう話もあった。トキは、子供のころに立ち入った御浜の美しさが好きで好きで、一人でこっそりとよく入っていたんじゃな」

「それで、誰にも言えずに、遺体を埋めたのですね」

先生が言うと、ゼンジローさんは頷いた。今よりも遥かに昔のことだ。そういう伝承の持つ重みは凄かったのだろう。

「兄は、トキの様子がおかしいんで、問い詰めたらしい。それでトキは白状した。遺体を見つけた。そして遺体が身に付けていた見たこともないような美しい指輪や首飾りや金貨なんかは沈めたと」

「沈めた？」

埋めたのではないのか。

「トキが言うには、兄は金に卑しいところがあったらしい。まぁ言われてみればそうかと、まだ子供だった儂にも思うところはあった。正直に話せば、兄が墓を暴いて金目のものを奪い、売り払うだろう。そうしたら、兄は何をしでかすかわからない。それが、トキは怖かったとな」

「それで、オンジョ岩のところに沈めたと嘘をついたのですね」

「石を括《くく》りつけてな。そういうふうに言えば、オンジョ岩に近づいたり探したりはしないだろうと。ところが、兄は行方不明になった。トキは、兄が禁を破ってオンジョ岩の辺りに潜って探したのではないか。それで、御口さんに喰われたのではないかと不安に思っていた。毎日こっそり御浜に通っていた。そうして、その日に、御浜に流れ着いていた兄の革のベルトを見つけたんさ」

それで、トキさんは確信した。

自分の嘘で、ゼンイチローさんがオングチさんに喰われてしまったと。

死んでしまったと。

ゼンジローさんは、煙草を大きく吹かし、麦茶を一口飲んだ。

「儂は、トキと結婚することにした。元より長男の許嫁が、その長男が行方不明になってしまったのならそのまま次男と結婚することに、当時は違和感はなかったからな。そして、トキを悩ます金目のものを全部掘り起こし、金に替え、あの辺の土地を買い取った。そうして、智夫にも協力してもらって、御浜の伝承をどんどん作り直していった」

「立ち入ったりしたら、オングチさんに喰われるってだね」

「そういうことだ」

カンダさんが自動車修理工場を設立できたのも、そのお金のおかげだったのだ。ゼンジローさんは一蓮托生の仲間だと自嘲した。

「トキを、安心させてやりたかった」

二度とあの浜に立ち入る人間は出ない。お前が弔った人たちの墓は一生、死ぬまで、未来永劫誰の眼にも触れぬまま、静かに眠る。

「そういう思いを、させてやりたかった」

その思いは本物だったのだろう。事実、ゼンジローさんはこれまでそれを守り通してきたのだ。

「しかし、金に目が眩《くら》んだと言われてもそれはしょうがあるまい。実際、笠島の家は買い取った温泉で今まで曲がりなりにもこの町いちばんの稼ぎ手と言われてきたんじゃからな。まぁそういう意味じゃあ、儂も兄と同罪」

拾ったもんを届けなかったんだから、墓泥棒と、罪に問われてもしょうがない。

「ゼンジローさん」

その話は、もう済んだ話だ。

「それを言っちゃあ、お終《しま》いよ」

ここで弱気になってもらっても困るのだ。

「さっき言ってたけどよ、ほら、一蓮托生の仲間だって」

ゼンジローさんが私を見た。

「あぁ」

「そいつは、カンダさんとゼンジローさんだけじゃないってもんよ。おいらも、アツタ先生もあんたと一蓮托生の仲間になっちまったんだ」

不思議そうな顔をする。

「どういう意味だ？」

「意味も何も、おいらはあんたの孫の嫁の兄貴だぜ。しっかり親戚なんだぜ。それにアツタ先生は近い将来、あんたの義理の孫になるんじゃねぇか。ミッキー、いやミキコちゃんと結婚してよ」

「あ」

先生が慌てて腰を浮かせたが、もう遅い。ゼンジローさんは少し眼をしばたたかせた。

「そうなのか？　先生」

「あ、いや」

先生の額に汗が一気に噴き出してきたが、私の顔を見て覚悟を決めたらしい。

「順番が逆になりましたが、結婚を前提に、お付き合いさせていただいています。いずれご挨拶に伺うつもりでした」

へぇぇ、とカンダさんが嬉しそうに笑った。

「そいつは気づかなかったなぁ先生。いつの間に」

「いや、済みません」

ゼンジローさんは、一度唇をへの字に曲げたが、にこりと笑った。

「そういうことだったのかい」

確かに、それは一蓮托生の仲間だなと呟いた。

「だから、おいらたちはよ、ゼンジローさんにはそのままでいてもらわなきゃあ困るんだよ。まぁ確かにちょいと落とし物をくすねちまっただろうけどよ、六十年も七十年も前のことよ。あそこで眠ってる人たちもよ、きちんとトキさんに弔ってもらって、しかも自分たちの財産をよ、金儲けじゃねぇ一人の女を守るためによ、有意義に使ってもらったんだから許してくれるってもんよ」

「そう、思うか」

ゼンジローさんが私に言う。

「思うともよ。少なくとも、あんたの金の使い方は間違ってねぇ。このニューヨーク一の名探偵ザンティピーが認めるぜ」

ゼンジローさんが、苦笑いをする。

「そうかい」

「そうよ」

今度は、ゼンジローさんは可笑《おか》しそうに口を開けて笑った。

「アメリカさんに認めてもらったんじゃあ、そう思うしかねぇな」

☆

サンディに全てを話してはいない。そんな重いものを背負わせる必要はまったくないからだ。あの骨は、行方不明になっていたゼンジローさんの兄、ゼンイチローさんのものだったという事実だけが、カサジマ家にもたらされた。

そして、それを発見したのは好奇心旺盛な馬鹿な兄だと。

ゼンジローさんはそれについては不問に付すと皆に伝えた。何はともあれ、兄を見つけてくれて供養もできたのだから感謝したいと。

それで、皆も納得した。

それから四日間、私は〈ゆーらっくの湯〉に滞在した。日本の温泉を堪能し続けた。

ジュンは描きかけだった宿題の絵を仕上げた。アツタ先生とミッキーは正式に付き合っていることを家族皆に伝え、あとは式の日取りを決めるだけになった。

結婚式にはぜひ来てほしいと言われたが、そのときの私の懐具合にもよる話だ。むろん、来られなくても何かしらのお祝いはするつもりでいる。

アメリカに帰る日。駅までサンディとリュウイチくん、ジュンとマコ、カンダさんが駅まで来てくれた。たっぷりとお土産をもらい、私のスーツケースははちきれんばかりになっていた。

列車に乗り込み、走り出したときに窓を開け、皆に手を振った。皆が笑顔で手を振り返してくれた。

まったく私は満足していた。

そうして、私の初めての日本の旅は終わりを告げたのだ。

エピローグ

三十八分署の交通課はいつ来ても二人しかいない。電話番のホリックの他にもう一人なんだが、今日デスクでパソコンに向かい顰め面をしていたのはワットマンだった。

私が来たことにも気づかずにキーボードを打ち続けている。ホリックにウィンクしてから受付のカウンターを拳でトントンと叩いた。

ワットマンが雄牛のようにゆっくりと顔を上げる。

「よぉ、ザンティピー」

「ご無沙汰してます」

ディヴィッド・ワットマン。雄牛と呼ばれる古参の警察官。どんな悲惨な事故現場にぶち当たっても沈着冷静にその場を取り仕切り、その巨体をゆっくりと動かし真実に向かって突き進む。

私が唯一信頼する先輩だ。今日もゆっくりと立ち上がり、一歩一歩踏みしめるように歩いてカウンターまでやってくる。

「元気そうだな」

「お陰様で」

「そういやぁ、日本へ行ってきたって噂を聞いたが？」

「さすが、早耳ですね」

私はポケットから細長い箱を取り出した。

「遅くなりましたけど、お土産です」

「土産？」

渡すと箱を二度三度ひっくり返し訝《いぶか》しげに眺める。

「開けていいか？」

「どうぞ」

太い手を器用に動かし包みを開ける。桐の箱に入っているのは、ウルシヌリの箸だ。

ディヴィッドの顔が途端に綻《ほころ》ぶ。

「こいつはいい」

手に持って、器用に箸を動かす。ディヴィッドが最近日本食に凝っているのは息子のダニエルから聞いていた。

「少し細いのはダニエルにあげてください」

「気を遣ってもらって済まんな」

「また切符切られたらよろしくお願いしますよ」

そうはいかん、と大きな身体を揺すってディヴィッドが笑った。

私が警察官を首になっても、こうして署に出入りしてなおかつ仕事であれこれ便宜を図ってもらえるのは、全て警察官時代の先輩だったディヴィッドのお蔭だ。いくら感謝してもし切れない。息子のダニエルも随分大きくなった。お父さんを尊敬していて、自分も警察官になると言っているが、私もそれを楽しみにしている。


オフィスに戻るとまたエレベーターは故障していた。

石造りの階段を一歩一歩上っていく。四階まではいいのだが、五階あたりから膝が悲鳴を上げ始め、七階に着く頃には太ももが酷使に精一杯の反抗をしてはちきれそうになる。さっさとエレベーターを新しいものにしてくれと文句を言いたいが、言えば、では毎度毎度滞納する家賃をきちんと払ってくれと返される。

「身体の運動のためにはいいいさ」

そういう痩せ我慢を言うのも何十回目だろうか。

「まったくだな」

上から声が降ってきた。六階のオフィスにいるバートンだ。赤毛の眼鏡にはちきれそうなベルト。怪しげな貿易会社をやっているのだが、一日の終わりにビールを一緒に飲む分には気の良い男だ。

「しばらくいなかったな。また日本に行ってたのか」

「そんな余裕がどこにある。仕事だよ」

また日本に行ったら土産を買ってきてくれよと笑って言い残して、バートンは階段を降りて行く。あの巨体ではいつ膝が悲鳴を上げるかわかったものではない。バートンに買ってきたのは安物の扇子なのだが、奴はそれをえらく気に入って今も腰のベルトに挟んであった。

「やれやれ」

七階に辿り着き、端まで歩いてガラスの嵌まった扉の鍵穴に鍵を差し、開ける。軋《きし》んだ音を立てるドアの隙間に突き刺さっていて、ばらばらと落ちた封筒は全て請求書だ。拾い集めたが、見るまでもない。

十日間ほどニューヨークを離れてワシントンに出掛けていた。

むろん、仕事だ。それも最大級につまらない仕事のために十日間も。しかし金払いだけはいいはずだから、穴の空いた靴下を買い替えた金額まで含めて請求してやるつもりだ。

デスクの上に請求書の封筒を放り投げる。そのままシャワーを浴びに行こうとしたのだが、眼の端にちらっとかすめたものが気になった。

封筒を、デスクの上に広げる。想像通りの請求書の封筒の中にひとつ。几帳面すぎるほどのアルファベットで書かれた私の名前。

「これは」

思わず頬が緩んだ。手に取りひっくり返すと、そこに書かれていた名前。

〈Junichi Nishizawa〉

ジュンだ。

ペーパーナイフを取って、封を開ける。中から日本の空気が流れ出してはこないだろうか。白い便箋には私には読めない日本語、しかし隣の行には英語が書かれていた。

サンディだろう。ジュンが書いた日本語の文章をサンディが英語に訳して書いてくれているのだ。

〈ザンティピーさん、お元気ですか。僕は元気です。マコちゃんも元気です。

サンディさんがこの手紙を英語にしてくれてます。

もちろん、サンディさんも元気です。それから、厚田先生も、みんな元気です。〉

にやにやしてしまう。このまま皆元気で文章が終わってしまうのではないか。

〈ホームランボールのサインボールをありがとうございました。

とってもうれしかったです。

それからマコちゃんとおそろいの野球帽もうれしかったです。

でも、ホームランボールのサインはサンディさんも読めなくて、誰が打ったホームランなのかはわからなかったです。〉

しまった。レジー・ジャクソンだとメモを書き忘れたか。

〈こちらは秋になって、どんどんすずしくなっています。

温泉は、寒いときも気持ちがいいです。また、遊びに来てください。

それから、ぼくが大人になってニューヨークに行ったときには、マンハッタンのオフィスに泊めてください。〉

ここに泊まるのはやめた方がいいな。

〈サンディさんが、ザンティピーさんはスキーが上手だって言ってました。ここではスキーもできますよ。いっしょに滑りましょう。ぜったい、遊びに来てくださいね。待ってます。〉

子供らしい、素直な短い手紙。私はずっと笑顔のままそれを読み、閉じた。封筒に丁寧に戻して、大事なものを入れている一番上の引き出しにしまい込んだ。そこにはサンディやジュンやマコと一緒に撮った日本での写真も入っている。

また日本に行くためには、かなり仕事をしなければならないだろう。私は優秀な私立探偵だと自負しているが、残念ながら高額の報酬が入る仕事をしているわけではない。

しかし、日本の温泉に入りに行くためだと思えば、つまらない調査の日々にだって張りが出るというものだ。

「よし」

シャワーを浴びよう。身体にこびりついた汗と埃《ほこり》を流し、報告書を仕立て上げよう。その毎日の向こう側に、温泉が待っている。

一歩踏み出したときに、電話が鳴った。私は勢い良く受話器を取った。

「はい、こちらザンティピー・リーブズ探偵事務所」

この作品は書き下ろしです。原稿枚数361枚（400字詰め）。

探偵《たんてい》ザンティピーの休暇《きゅうか》

小路《しょうじ》幸也《ゆきや》

平成22年10月10日　初版発行

発行人――石原正康
編集人――永島賞二
発行所――株式会社幻冬舎
〒151-0051東京都渋谷区千駄ヶ谷4-9-7
電話　03(5411)6222(営業)
　　　03(5411)6211(編集)
振替00120-8-767643
印刷・製本―中央精版印刷株式会社
装丁者――高橋雅之

万一、落丁乱丁のある場合は送料小社負担でお取替致します。小社宛にお送り下さい。
定価はカバーに表示してあります。

幻冬舎文庫

ISBN978-4-344-41549-2　C0193　し-27-2